ЛЕСЯ УКРАЇНКА

ЛІСОВА ПІСНЯ

ДРАМА-ФЕЄРІЯ В ТРЬОХ ДІЯХ

УКРАЇНСЬКА БІБЛІОТЕКА

Українська Бібліотека
ЛІСОВА ПІСНЯ
ЛЕСЯ УКРАЇНКА

Ukrainian Library
THE FOREST SONG
LESYA UKRAINKA

Ілюстрація до обкладинки © 2023, Макс Мендор
Вступ © 2023, Glagoslav Publications
Про автора © 2023, Glagoslav Publications
Видавці Максим Ходак і Макс Мендор

Cover Illustration © 2023, Max Mendor
Introduction © 2023, Glagoslav Publications
About the author © 2023, Glagoslav Publications
Publishers Maxim Hodak and Max Mendor

www.glagoslav.nl

ISBN: 978-1-80484-102-0

Ця книга охороняється авторським правом. Ніяка частина цієї публікації не може бути відтворена, збережена в пошуковій системі або передана в будь-якій формі або будь-якими способами без попередньої письмової згоди видавця, а також не може бути поширена будь-яким іншим чином у будь-якій іншій формі палітурки або з обкладинкою, відмінною від тієї, якої було видано, без накладання аналогічного умови, включаючи цю умову, на наступного покупця.

This book is in copyright. No part of this publication may be reproduced, stored in a retrieval system or transmitted in any form or by any means without the prior permission in writing of the publisher, nor be otherwise circulated in any form of binding or cover other than that in which it is published without a similar condition, including this condition, being imposed on the subsequent purchaser.

ЛЕСЯ УКРАЇНКА

ЛІСОВА ПІСНЯ

ДРАМА-ФЕЄРІЯ В ТРЬОХ ДІЯХ

GLAGOSLAV PUBLICATIONS

ЗМІСТ

Про автора 7
Вступ 11

Спис діячів «Лісової пісні» 14
Пролог 16
Дія I 28
Дія II 73
Дія III 110

ПРО АВТОРА

Леся Українка (1871-1913) – справжнє ім'я Лариса Петрівна Косач-Квітка.

Народилася в містечку Новоград-Волинський на Житомирщині в сім'ї культурних і освічених людей. Її мати, Ольга Драгоманова-Косач, була відомою письменницею під псевдонімом Олена Пчілка.

З раннього дитинства Лариса виявила виняткові здібності до мов і літератури. Вже у віці дев'яти років вона почала писати вірші. Освіту дівчинка отримувала вдома, адже через проблеми зі здоров'ям вона не могла відвідувати загальноосвітню школу. Проте це не завадило їй вивчити кілька іноземних мов і стати однією з найосвіченіших жінок свого часу.

Леся Українка є однією з найвидатніших постатей української літератури. Її творчість охоплює вірші, драматичні твори, прозу, літературно-критичні статті. Особливе місце в її творчості займають драми на античні теми та історичні п'єси, такі як «Бояриня», «Оргія», «Камінний господар» та інші.

Леся Українка активно брала участь у громадському житті, була членом численних культурних і громадських організацій. Вона була не тільки видатною письменницею, але й громадською діячкою, борцем за права жінок, національні права українців та соціальну справедливість.

Здоров'я Лесі Українки було підірване туберкульозом, з яким вона боролася протягом усього життя.

Попри це, вона подорожувала, активно спілкувалася з представниками культурної еліти свого часу, не припиняючи літературної діяльності.

Леся Українка померла 1 серпня 1913 року в селі Сурмі на Кавказі. Її життя було коротким, але надзвичайно насиченим і продуктивним. Творчість Лесі Українки залишається вічно актуальною, а її внесок у розвиток української культури та літератури неможливо переоцінити.

Цінність творів Лесі Українки для української культури та світової літератури полягає в наступних аспектах:

Глибокий філософський зміст. Леся Українка в своїх творах піднімала питання життя, смерті, любові, віри, боротьби за свободу, долі людини в світі. Її роздуми актуальні й сьогодні, адже вони стосуються вічних цінностей.

Національний патріотизм. Українка була глибоко проникнена любов'ю до своєї Батьківщини. Через свої твори вона висловлювала прагнення до національного відродження, боротьби за свободу та незалежність України.

Феміністичні мотиви. Леся Українка була однією з перших, хто в українській літературі підняв питання ролі жінки в суспільстві, її прав та можливостей. Її героїні – сильні, незалежні, вільні духом жінки.

Майстерність форми. Лесина поезія відзначається високою художньою майстерністю, мелодійністю, гармонією змісту та форми. Її драматичні твори вражають глибиною психології персонажів та напруженістю конфліктів.

Універсальність. Хоча багато творів Лесі Українки насичені національним колоритом, їх теми та проблеми є універсальними, розумілими та близькими для читачів усього світу.

Вплив на наступні покоління. Творчість Лесі Українка стала невід'ємною частиною української культурної спадщини і продовжує впливати на наступні покоління письменників, поетів та драматургів.

Боротьба за права людини. Через свої твори Українка висловлювала протест проти соціальної несправедливості, кріпосництва, царської тиранії та інших форм гніту.

Всі ці аспекти роблять творчість Лесі Українка надзвичайно цінною не лише для української, але й для світової культури.

ВСТУП

«Лісова пісня» Лесі Українки – це не лише один із вершин української драматургії, а й глибоко символічний твір, що відображає вічні духовні пошуки людини. Створена на межі реалізму та міфології, п'єса розкриває перед читачем світ природи, де кожен персонаж є втіленням певних ідеалів, бажань або страхів.

Центральна героїня Мавка – це втілення природи, її краси та вічності. Її нездоланне кохання до Лукаша стає метафорою вічної боротьби між природним і соціальним, духовним і матеріальним у світі людини. Через образи лісових істот, авторка показує гармонію природи, яка контрастує зі світом людей, їхніми пристрастями, обмеженостями та слабкостями.

«Лісова пісня» – це не просто казка чи легенда, це філософська рефлексія про вічні цінності, про пошуки ідеалу, про боротьбу добра і зла в душі кожної людини. Твір відкриває перед читачем глибини української душі, її зв'язок з природою, традиціями та культурою. Ця п'єса є своєрідним мостом між минулим і сучасністю, вічним і миттєвим, духовним і матеріальним у житті людини.

У «Лісовій пісні» особливо відчувається геніальність Лесі Українки як драматурга. Вона здатна перетворити національні міфи та легенди в універсальні образи, які резонують з читачами різних культур та поколінь. Її мова – це поєднання поетичної виразності з глибоким філософським змістом. Кожен персонаж, кожна репліка, кожен мотив в п'єсі несе в собі певне символічне навантаження, що спонукає до рефлексії над вічними питаннями буття. «Лісова пісня» – це не просто твір мистецтва, це дзеркало, в якому кожен з нас може побачити відбиття своєї душі, своїх пошуків та внутрішніх конфліктів.

ЛІСОВА ПІСНЯ

СПИС ДІЯЧІВ «ЛІСОВОЇ ПІСНІ»:

ПРОЛОГ

«Той, що греблі рве».
Потерчата (двоє).
Русалка.
Водяник.

ДІЯ І

Дядько Лев.
Лукаш.
Русалка.
Лісовик.
Мавка.
Перелесник.
Пропасниця (без мови)
Потерчата.
Куць.

ДІЯ ІІ

Мати Лукашева.
Лукаш.
Дядько Лев.
Мавка.
Русалка Польова.
Килина.
Русалка.
«Той, що в скалі сидить».
Перелесник.

ДІЯ ІІІ

Мавка.
Лісовик.
Куць.
Злидні.
Мати Лукашева.
Килина.
Хлопчик.
Лукаш.
Діти Килинині (без мови).
Доля.
Перелесник.

ПРОЛОГ

Старезний, густий, предковічний ліс на Волині. Посеред лісу простора галява з плакучою березою і з великим прастарим дубом. Галява скраю переходить в куп'я та очерети, а в одному місці в яро-зелену драговину – то береги лісового озера, що утворилося з лісового струмка. Струмок той вибігає з гущавини лісу, впадає в озеро, потім, по другім боці озера, знов витікає і губиться в хащах. Саме озеро – тиховоде, вкрите ряскою та лататтям, але з чистим плесом посередині.

Містина вся дика, таємнича, але не понура, – повна ніжної задумливої поліської краси.

Провесна. По узліссі і на галяві зеленів перший ряст і цвітуть проліски та сон-трава. Дерева ще безлисті, але вкриті бростю, що от-от має розкритись. На озері туман то лежить пеленою, то хвилює од вітру, то розривається, одкриваючи блідо-блакитну воду. В лісі щось загомоніло, струмок зашумував, забринів, і вкупі з його водами з лісу вибіг «Той, що греблі рве» – молодий, дуже білявий, синьоокий, з буйними і разом плавкими рухами; одежа на йому міниться барвами, від каламутно-жовтої до ясно-блакитної, і поблискує гострими злотистими іскрами. Кинувшися з потока в озеро, він починає кружляти по плесі, хвилюючи його сонну воду; туман розбігається, вода синішає.

«Той, що греблі рве»
З гір на долину
біжу, стрибаю, рину!
Місточки збиваю,
всі гребельки зриваю,
всі гатки, всі запруди,
що загатили люди, –
бо весняна вода,
як воля молода!

(Хвилює воду ще більше, поринає і виринає, мов шукаючи щось у воді.)

Потерчата
(двоє маленьких, бліденьких діток у біленьких сорочечках виринають з-поміж латаття)

Перше
Чого ти тута блудиш?

Друге
Чого зо сну нас будиш?

Перше
Нас матуся положила
і м'якенько постелила,
бо на ріння, на каміння
настелила баговиння
і лататтям повкривала,
і тихенько заспівала:
«Люлі-люлі-люлята,
засніть, мої малята!»

Друге
Чого ж ти тут шугаєш?

Перше
Кого ти тут шукаєш?
«Той, що греблі рве»
Тую Русалку,
що покохав я змалку,
бо водяній царівні
нема на світі рівні!
Збігав я гори,
доли, яри, ізвори, –
милішої коханки
нема від озерянки.
Зіб'ю всю вашу воду,
таки знайду ту вроду!

(Бурно мутить воду.)

Потерчата
Ой леле! не нуртуй!
Хатинки не руйнуй!
Печера в нас маленька,
що збудувала ненька.
Убога наша хатка,
бо в нас немає татка…

(Чіпляються йому за руки, благаючи.)

Ми спустимось на дно,
де темно, холодно,
на дні лежить рибалка
над ним сидить Русалка…
«Той, що греблі рве»
Нехай його покине!
Нехай до мене зрине!
(Потерчата поринають в озеро.)
Виплинь же, мила!!

Русалка випливає і знадливо всміхається, радісно складаючи долоні. На ній два вінки – один більший, зелений, другий маленький, як коронка, перловий, з-під нього спадає серпанок.

Русалка
Се ти, мій чарівниченьку?!
«Той, що греблі рве» (грізно)
Що ти робила?

Русалка
(кидається немов до нього, але пропливає далі, минаючи його)

Я марила всюніченьку
про тебе, мій паниченьку!
Ронила сльози дрібнії,
збирала в кінви срібнії,
без любої розмовоньки
сповнила вщерть коновоньки…

(Сплескує руками, розкриває обійми, знов кидається до нього і знов минає.)

Ось кинь на дно червінця,
поллються через вінця!

(Дзвінко сміється.)

«Той, що греблі рве»
(з'їдливо)

То се й у вас в болоті
кохаються у злоті?

Русалка наближається до нього, він круто відвертається від неї, виром закрутивши воду.

> Найкраще для Русалки
> сидіти край рибалки,
> глядіти небораки
> від сома та від рака,
> щоб не відгризли чуба.
> Ото розмова люба!

Русалка
(*підпливає близенько, хапає за руки, заглядає в вічі*)

> Вже й розгнівився?

(*Лукаво.*)

> А я щось знаю, любчику,
> хороший душогубчику!

(*Тихо сміється, він бентежиться.*)

> Де ти барився?
> Ти водяну царівну
> зміняв на мельниківну!
> Зимові – довгі ночі,
> а в дівки гарні очі, –
> недарма паничі їй носять дукачі!

(*Свариться пальцем на нього і дрібно сміється.*)

> Добре я бачу
> твою ледачу вдачу,
> та я тобі пробачу,
> бо я ж тебе люблю!

(З жартівливим пафосом.)

На цілу довгу мить тобі я буду вірна,
хвилину буду я ласкава і покірна,
а зраду потоплю!
Вода ж не держить сліду
від рана до обіду,
так, як твоя люба,
або моя журба!

«Той, що греблі рве»
(поривчасто простягає їй обидві руки)

Ну, мир-миром!
поплинем понад виром!

Русалка
(береться з ним за руки і прудко кружляє)

На виру-вирочку,
на жовтому пісочку,
в перловому віночку
зав'юся у таночку!
Ух! Ух!

Ухають, бризкають, плещуть. Вода б'ється в береги, аж осока шумить, і пташки зграями зриваються з очеретів.

Водяник
(Виринає посеред озера. Він древній, сивий дід, довге волосся і довга біла борода всуміш з баговинням звисають аж по пояс. Шати на ньому – барви мулу, на голові корона із скойок. Голос глухий, але дужий)

Хто тут бентежить наші тихі води?

Русалка з своєю парою спиняються і кидаються врозтіч.

Стидайся, дочко! Водяній царівні
танки заводити з чужинцем?! Сором!

Русалка
Він, батьку, не чужий. Ти не пізнав?
Се ж «Той, що греблі рве»!

Водяник
Та знаю, знаю!
Нерідний він, хоч водяного роду.
Зрадлива і лукава в нього вдача.
Навесні він нуртує, грає, рве,
зриває з озера вінок розкішний,
що цілий рік викохують русалки,
лякає птицю мудру, сторожку,
вербі-вдовиці корінь підриває
і бідним сиротятам-потерчатам
каганчики водою заливає,
псує мої рівненькі береги
і старощам моїм спокій руйнує.
А влітку де він? Де тоді гасає,
коли жадібне сонце воду п'є
із келиха мого, мов гриф неситий,
коли від спраги никне очерет,
зоставшися на березі сухому,
коли, вмираючи, лілеї клонять
до теплої води голівки в'ялі?
Де він тоді?

Під час сеї мови «Той, що греблі рве» нишком киває Русалці, ваблячи її втекти з ним по лісовому струмку.

«Той, що греблі рве»
(з укритою насмішкою)

Тоді я в морі, діду.
Мене на поміч кличе Океан,
щоб не спило і в нього чашу сонце.
Як цар морський покличе – треба слухать.
На те є служба, – сам здоровий знаєш.

Водяник
Еге ж, тоді ти в морі… А мені,
якби не помагав мій друг одвічний,
мій щирий приятель осінній дощик,
прийшлось би згинуть з парою!

«Той, що греблі рве» незамітно ховається в воду.

Русалка
Татусю!
не може пара згинути, бо з пари
знов зробиться вода.

Водяник
Яка ти мудра!
Іди на дно! Доволі тут базікать!

Русалка
Та зараз, тату! Вже ж його немає.
Я розчешу поплутаний сікняг.

(Виймає з-за пояса гребінку з мушлі, чеше прибережне зілля.)

Водяник
Ну, розчеши, я сам люблю порядок.
Чеши, чеши, я тута підожду,
поки скінчиш роботу. Та поправ
латаття, щоб рівненько розстелялось,
та килим з ряски позшивай гарненько,
що той порвав пройдисвіт.

Русалка
Добре, тату.

Водяник вигідно вкладається в очереті, очима слідкуючи роботу Русалчину; очі йому поволі заплющуються.

«Той, що греблі рве»
(*виринувши, стиха до Русалки*)

Сховайся за вербою!

Русалка ховається, оглядаючись на Водяника.

Поплинемо з тобою
ген на розтоки,
під бистрії лотоки,
зірвемо греблю рівну,
утопим мельниківну!

(*Хапає Русалку за руку і швидко мчить з нею через озеро. Недалеко від другого берега Русалка спиняється і скрикує.*)

Русалка
Ой, зачепилася за дуб торішній!

Водяник прокидається, кидається навперейми і перехоплює Русалку.

Водяник
То се ти так?!. Ти, клятий баламуте,
ще знатимеш, як зводити русалок!
Поскаржуся я матері твоїй,
Метелиці Гірській, то начувайся!

«Той, що греблі рве»
(з реготом)

Поки що буде, я ще нагуляюсь!
Прощай, Русалонько, сповняй коновки!

(Кидається в лісовий струмок і зникає.)

Водяник
(до Русалки)

Іди на дно! Не смій мені зринати
три ночі місячні поверх води!

Русалка
(пручаючись)

З якого часу тут русалки стали
невільницями в озері? Я – вільна!
Я вільна, як вода!

Водяник
В моїй обладі
вода повинна знати береги.
Іди на дно!

Русалка
Не хочу!

Водяник
А, не хочеш?
Віддай сюди вінець перловий!

Русалка
Ні!
то дарував мені морський царенко.

Водяник
Тобі вінця не прийдеться носити,
бо за непослух забере тебе
«Той, що в скалі сидить».

Русалка
(з жахом)

Ні, любий тату,
я буду слухатись!

Водяник
То йди на дно.

Русалка
(поволі опускаючися в воду)

Я йду, я йду… А бавитися можна
з рибалкою?

Водяник
Та вже ж, про мене, бався.

Русалка спустилася в воду по плечі і, жалібно всміхаючись, дивиться вгору на батька.

Чудна ти, дочко! Я ж про тебе дбаю.
Таж він тебе занапастив би тільки,
потяг би по колючому ложиську
струмочка лісового, біле тіло
понівечив та й кинув би самотню
десь на безвідді.

Русалка
Але ж він вродливий!

Водяник
Ти знов своєї?!

Русалка
Ні, ні, ні! Я йду!

(Поринає.)

Водяник
(поглядаючи вгору)

Уже весняне сонце припікає…
Ху, душно як! Прохолодитись треба.

(Поринає й собі.)

ДІЯ I

Та сама містина, тільки весна далі поступила; узлісся наче повите ніжним зеленим серпанком, де-не-де вже й верховіття дерев поволочене зеленою барвою. Озеро стоїть повне, в зелених берегах, як у рутвянім вінку.

З лісу на прогалину виходять: дядько Лев і небіж його Лукаш. Лев уже старий чоловік, поважний і дуже добрий з виду; по-поліському довге волосся білими хвилями спускається на плечі з-під сивої повстяної шапки-рогатки; убраний Лев у полотняну одежу і в ясно-сиву, майже білу свиту; на ногах постоли, в руках кловня (малий ятірець), коло пояса на ремінці ножик, через плече виплетений з лика кошіль (торба) на широкому ремені. Лукаш – дуже молодий хлопець, гарний, чорнобровий, стрункий, в очах ще є щось дитяче; убраний так само в полотняну одежу, тільки з тоншого полотна; сорочка випущена, мережана біллю, з виложистим коміром, підперезана червоним поясом, коло коміра і на чохлах червоні застіжки: свити він не має; на голові бриль; на поясі ножик і ківшик з лика на мотузку.

Дійшовши до берега озера, Лукаш зупинився.

Лев
Чого ж ти зупинився? Тут не можна
зайти по рибу. Мулко вельми, грузько.

Лукаш
Та я хотів собі сопілку втяти, –
хороший тута вельми очерет.

Лев
Та вже тих сопілок до лиха маєш!

Лукаш
Ну, скільки ж їх? – калинова, вербова
та липова, – ото й усі. А треба
ще й очеретяну собі зробити, –
та лепсько грає!

Лев
Та вже бався, бався,
на те бог свято дав. А взавтра прийдем,
то будем хижку ставити. Вже час
до лісу бидло виганяти. Бачиш,
вже онде є трава помежи рястом.

Лукаш
Та як же будемо сидіти тута?
Таж люди кажуть – тут непевне місце…

Лев
То як для кого. Я, небоже, знаю,
як з чим і коло чого обійтися:
де хрест покласти, де осику вбити,
де просто тричі плюнути, та й годі.
Посіем коло хижки мак-відюк,
терлич посадимо коло порога,
та й не приступиться ніяка сила…
Ну, я піду, а ти собі як хочеш.

Розходяться. Лукаш іде до озера і зникає в очереті. Лев іде понад берегом, і його не стає видко за вербами.

Русалка
(випливає на берег і кричить)

Дідусю! Лісовий! біда! рятуйте!

Лісовик
(малий, бородатий дідок, меткий рухами, поважний обличчям; у брунатному вбранні барви кори, у волохатій шапці з куниці)

Чого тобі? Чого кричиш?

Русалка
Там хлопець
на дудки ріже очерет!

Лісовик
Овва!
Коби всії біди! Яка скупа.
Ось тута мають хижку будувати, –
я й то не бороню, аби не брали
сирого дерева.

Русалка
Ой леле! хижу?
То се тут люди будуть? Ой ті люди
з-під стріх солом'яних! Я їх не зношу!
Я не терплю солом'яного духу!
Я їх топлю, щоб вимити водою
той дух ненавидний. Залоскочу
тих натрутнів, як прийдуть!

Лісовик
Стій! – не квапся.
То ж дядько Лев сидітиме в тій хижі,
а він нам приятель. То він на жарт
осикою та терличем лякає.
Люблю старого. Таж якби не він,
давно б уже не стало сього дуба,
що стільки бачив наших рад і танців,
і лісових великих таємниць.
Вже німці міряли його, навколо
втрьох постававши, обсягли руками –
і ледве що стікло. Давали гроші,
таляри биті, людям дуже милі,
та дядько Лев заклявся на життя,
що дуба він повік не дасть рубати.
Тоді ж і я на бороду заклявся,
що дядько Лев і вся його рідня
повік безпечні будуть в сьому лісі.

Русалка
Овва! А батько мій їх всіх потопить!

Лісовик
Нехай не важиться! Бо завалю
все озеро гнилим торішнім листом!

Русалка
Ой лишечко, як страшно! Ха-ха-ха!

(Зникає в озері.)

Лісовик, щось воркочучи, закурює люльку, сівши на заваленому дереві. З очеретів чутно голос сопілки [мелодії № 1, 2, 3, 4], ніжний, кучерявий, і як він розвивається, так розвивається все в лісі. Спочатку на вербі та вільхах замайоріли сережки, потім береза листом залепетала. На озері розкрились лілеї білі і зазолотіли квітки на лататті. Дика рожа появляє ніжні пуп'янки.

З-за стовбура старої розщепленої верби, півусохлої, виходить Мавка, в ясно-зеленій одежі з розпущеними чорними, з зеленим полиском, косами, розправляє руки і проводить долонею по очах.

Мавка
Ох, як я довго спала!

Лісовик
Довго, дочко!
Вже й сон-трава перецвітати стала.
От-от зозулька маслечко сколотить,
в червоні черевички убереться
і людям одмірятиме літа.
Вже з вирію поприлітали гості.
Он жовтими пушинками вже плавлють
на чистім плесі каченятка дикі.

Мавка
А хто мене збудив?

Лісовик
Либонь, весна.

Мавка
Весна ще так ніколи не співала,
як отепер. Чи то мені так снилось?
Лукаш знов грає [мелодія № 5].
Ні... стій... Ба! чуєш?.. То весна співає?
Лукаш грає мелодію № 5, тільки ближче.

Лісовик
Та ні, то хлопець на сопілці грає.

Мавка
Який? Невже се «Той, що греблі рве»?
От я не сподівалася від нього!

Лісовик
Ні, людський хлопець, дядька Лева небіж,
Лукаш на ймення.

Мавка
Я його не знаю.

Лісовик
Бо він уперше тута. Він здалека,
не з сих лісів, а з тих борів соснових,
де наша баба любить зимувати;
осиротів він з матір'ю-вдовою,
то дядько Лев прийняв обох до себе…

Мавка
Хотіла б я побачити його.

Лісовик
Та нащо він тобі?

Мавка
Він, певне, гарний!

Лісовик
Не задивляйся ти на хлопців людських.
Се лісовим дівчатам небезпечно…

Мавка
Який-бо ти, дідусю, став суворий!
Се ти мене отак держати будеш,
як Водяник Русалку?

Лісовик
Ні, дитинко,
я не держу тебе. То Водяник
в драговині цупкій привик одвіку
усе живе засмоктувати. Я
звик волю шанувати. Грайся з вітром,
жартуй із Перелесником, як хочеш,
всю силу лісову і водяну,
гірську й повітряну приваб до себе,
але минай людські стежки, дитино,
бо там не ходить воля, – там жура
тягар свій носить. Обминай їх, доню:
раз тільки ступиш – і пропала воля!

Мавка
(сміється)

Ну, як-таки, щоб воля – та пропала?
Се так колись і вітер пропаде!

Лісовик хоче щось відмовити, але виходить Лукаш із сопілкою.
Лісовик і Мавка ховаються.
Лукаш хоче надрізати ножем березу, щоб сточити сік, Мавка кидається і хапає його за руку.

Мавка
Не руш! не руш! не ріж! не убивай!

Лукаш
Та що ти, дівчино? Чи я розбійник?
Я тільки хтів собі вточити соку
з берези.

Мавка
Не точи! Се кров її.
Не пий же крові з сестроньки моєї!

Лукаш
Березу ти сестрою називаєш?
Хто ж ти така?

Мавка
Я – Мавка лісова.

Лукаш
(не так здивовано, як уважно придивляється до неї)

А, от ти хто! Я від старих людей
про мавок чув не раз, але ще зроду
не бачив сам.

Мавка
А бачити хотів?

Лукаш
Чому ж би ні?.. Що ж, – ти зовсім така,
як дівчина... ба ні, хутчій як панна,
бо й руки білі, і сама тоненька,
і якось так убрана не по-наськи...
А чом же в тебе очі не зелені?

(Придивляється.)

Та ні, тепер зелені... а були,
як небо, сині... О! тепер вже сиві,
як тая хмара... ні, здається, чорні,
чи, може, карі... ти таки дивна!

Мавка
(*усміхаючись*)

Чи гарна ж я тобі?

Лукаш
(*соромлячись*)

Хіба я знаю?

Мавка
(*сміючись*)

А хто ж те знає?

Лукаш
(*зовсім засоромлений*)

Ет, таке питаєш!..

Мавка
(*щиро дивуючись*)

Чому ж сього не можна запитати?
Он бачиш, там питає дика рожа:
«Чи я хороша?»
А ясень їй киває в верховітті:
«Найкраща в світі!»

Лукаш
А я й не знав, що в них така розмова.
Я думав – дерево німе, та й годі.

Мавка
Німого в лісі в нас нема нічого.

Лукаш
Чи то ти все отак сидиш у лісі?

Мавка
Я зроду не виходила ще з нього.

Лукаш
А ти давно живеш на світі?

Мавка
Справді,
ніколи я не думала про те…

(Задумується.)

Мені здається, що жила я завжди…

Лукаш
І все така була, як от тепер?

Мавка
Здається, все така…

Лукаш
А хто ж твій рід?
Чи ти його зовсім не маєш?

Мавка
Маю.
Є Лісовик, я зву його: «дідусю»,
а він мене: «дитинко» або «доню».

Лукаш
То хто ж він – дід чи батько?

Мавка
Я не знаю.
Хіба не все одно?

Лукаш
(сміється)

Ну, та й чудні ви
отут у лісі! Хто ж тобі тут мати,
чи баба, чи вже як у вас зовуть?

Мавка
Мені здається часом, що верба,
ота стара, сухенька, то – матуся.
Вона мене на зиму прийняла
і порохном м'якеньким устелила
для мене ложе.

Лукаш
Там ти й зимувала?
А що ж ти там робила цілу зиму?

Мавка
Нічого. Спала. Хто ж зимою робить?
Спить озеро, спить ліс і очерет.
Верба рипіла все: «Засни, засни…»
І снилися мені все білі сни:

на сріблі сяли ясні самоцвіти,
стелилися незнані трави, квіти,
блискучі, білі… Тихі, ніжні зорі
спадали з неба – білі, непрозорі –
і клалися в намети… Біло, чисто
попід наметами. Ясне намисто
з кришталю грає і ряхтить усюди…
Я спала. Дихали так вільно груди.
По білих снах рожевії гадки
легенькі гаптували мережки,
і мрії ткались золото-блакитні,
спокійні, тихі, не такі, як літні…

Лукаш
(заслухавшись)

Як ти говориш…

Мавка
Чи тобі так добре?

Лукаш потакує головою.

Твоя сопілка має кращу мову.
Заграй мені, а я поколишуся.

Мавка сплітає довге віття на березі, сідає в нього й гойдається тихо, мов у колисці. Лукаш грає соло мелодії № 6, 7 і 8, прихилившись до дуба, і не зводить очей з Мавки. Лукаш грає веснянки. Мавка, слухаючи, мимоволі озивається тихесенько на голос мелодії № 8, і Лукаш їй приграє вдруге мелодію № 8. Спів і гра в унісон.

Мавка
Як солодко грає,
як глибоко крає,
розтинає білі груди,
серденько виймає!

На голос веснянки відкликається зозуля, потім соловейко, розцвітає яріше дика рожа, біліє цвіт калини, глод соромливо рожевіє, навіть чорна безлиста тернина появляє ніжні квіти. Мавка, зачарована, тихо колишеться, усміхається, а в очах якась туга аж до сліз; Лукаш, завваживши те, перестає грати.

Лукаш
Ти плачеш, дівчино?

Мавка
Хіба я плачу?

(Проводить рукою по очах.)

А справді… Ні-бо! то роса вечірня.
Заходить сонце… Бач, уже встає
на озері туман…

Лукаш
Та ні, ще рано!

Мавка
Ти б не хотів, щоб день уже скінчився?

Лукаш хитає головою, що не хотів би.

Мавка
Чому?

Лукаш
Бо дядько до села покличуть.

Мавка
А ти зо мною хочеш бути?

Лукаш киває, потакуючи.

Бачиш, і ти немов той ясень розмовляєш.

Лукаш
(сміючись)

Та треба по-тутешньому навчитись,
бо маю ж тута літувати.

Мавка
(радо)

Справді?

Лукаш
Ми взавтра й будуватися почнемо.

Мавка
Курінь поставите?

Лукаш
Ні, може, хижку,
а може, й цілу хату.

Мавка
Ви – як птахи:
клопочетесь, будуєте кубельця,
щоб потім кинути.

Лукаш
Ні, ми будуєм навіки.

Мавка
Як навіки? Ти ж казав,
що тільки літувати будеш тута.

Лукаш
(*ніяково*)

Та я не знаю… Дядько Лев казали,
що тут мені дадуть ґрунтець і хату,
бо восени хотять мене женити…

Мавка
(*з тривогою*)

З ким?

Лукаш
Я не знаю. Дядько не казали,
а може, ще й не напитали дівки.

Мавка
Хіба ти сам собі не знайдеш пари?

Лукаш
(*поглядаючи на неї*)

Я, може б, і знайшов, та…

Мавка
Що?

Лукаш
Нічого…

(Пограває у сопілку стиха щось дуже жалібненьке [мелодія № 9], потім спускає руку з сопілкою і замислюється.)

Мавка
(помовчавши)

Чи у людей паруються надовго?

Лукаш
Та вже ж навік!

Мавка
Се так, як голуби…
Я часом заздрила на їх: так ніжно
вони кохаються… А я не знаю
нічого ніжного, окрім берези,
за те ж її й сестрицею взиваю;
але вона занадто вже смутна,
така бліда, похила та журлива, –
я часто плачу, дивлячись на неї.
От вільхи не люблю – вона шорстка.
Осика все мене чогось лякає;
вона й сама боїться – все тремтить.
Дуби поважні надто. Дика рожа
задирлива, так само й глід, і терен.
А ясень, клен і явір – гордовиті.
Калина так хизується красою,
що байдуже їй до всього на світі.
Така, здається, й я була торік,
але тепер мені чомусь те прикро…
Як добре зважити, то я у лісі
зовсім самотня…

(Журливо задумується.)

Лукаш
А твоя верба?
Таж ти її матусею назвала.

Мавка
Верба?.. Та що ж… в їй добре зимувати,
а літом… бач, вона така суха,
і все рипить, все згадує про зиму…
Ні, я таки зовсім, зовсім самотня…

Лукаш
У лісі ж не самії дерева, –
таж тут багато різної є сили.

(Трохи ущипливо.)

Вже не прибіднюйся, бо й ми чували
про ваші танці, жарти та зальоти!

Мавка
То все таке, як той раптовий вихор, –
от налетить, закрутить та й покине.
В нас так нема, як у людей, – навіки!

Лукаш
(приступаючи ближче)

А ти б хотіла?..

Раптом чутно голосне гукання дядька Лева.

Голос
Гов, Лукашу, гов!
го-го-го-го! А де ти?

Лукаш
(відзивається)

Ось я йду!

Голос
А йди хутчій!

Лукаш
Ото ще нетерплячка!

(Відгукується.)

Та йду вже, йду!

(Подається йти.)

Мавка
А вернешся?

Лукаш
Не знаю.

(Іде в прибережні хащі.)

З гущавини лісу вилітає Перелесник – гарний хлопець у червоній одежі, з червонястим, буйно розвіяним, як вітер, волоссям, чорними бровами з блискучими очима. Він хоче обняти Мавку, вона ухиляється.

Мавка
Не руш мене!
Перелесник
А то чому?

Мавка
Іди,
поглянь, чи в полі рунь зазеленіла.

Перелесник
Мені навіщо тая рунь?

Мавка
А там же
твоя Русалка Польова, що в житі.
Вона для тебе досі вже вінок
зелено-ярий почала сплітати.

Перелесник
Я вже її забув.

Мавка
Забудь мене.

Перелесник
Ну, не глузуй! Ходи, полетимо!
Я понесу тебе в зелені гори, –
ти ж так хотіла бачити смереки.

Мавка
Тепер не хочу.
Перелесник
Так? А то чому?

Мавка
Бо відхотілося.

Перелесник
Якісь химери!
Чом відхотілося?

Мавка
Нема охоти.

Перелесник
(улесливо в'ється коло неї)

Линьмо, линьмо в гори! Там мої сестриці,
там гірські русалки, вільні Літавиці,
будуть танцювати коло по травиці,
наче блискавиці!
Ми тобі знайдемо з папороті квітку,
зірвем з неба зірку, золоту лелітку,
на снігу нагірнім вибілимо влітку
чарівну намітку.
Щоб тобі здобути лісову корону,
ми Змію-Царицю скинемо із трону,
і дамо крем'яні гори в оборону!
Будь моя кохана!
Звечора і зрана
самоцвітні шати
буду приношати
і віночок плести,
і в таночок вести,
і на крилах нести
на моря багряні, де багате сонце
золото ховає в таємну глибінь.
Потім ми заглянем до зорі в віконце,
зірка-пряха вділить срібне волоконце,

будем гаптувати оксамитну тінь.
Потім, на світанні, як біляві хмари
стануть покрай неба, мов ясні отари,
що холодну воду п'ють на тихім броді,
ми спочинем любо на квітчастім…

Мавка
(*нетерпляче*)

Годі!

Перелесник
Як ти обірвала річ мою сердито!

(*Смутно і разом лукаво.*)

Ти хіба забула про торішнє літо?

Мавка
(*байдуже*)

Ох, торішнє літо так давно минуло!
Що тоді співало, те в зимі заснуло.
Я вже й не згадаю!

Перелесник
(*таємниче нагадуючи*)

А в дубовім гаю?..

Мавка
Що ж там? Я шукала ягідок, грибків…

Перелесник
А не приглядалась до моїх слідків?

Мавка
В гаю я зривала кучерики з хмелю…

Перелесник
Щоб мені послати пишную постелю?

Мавка
Ні, щоб перевити се волосся чорне!

Перелесник
Сподівалась: може – миленький пригорне?

Мавка
Ні, мене береза ніжно колихала.

Перелесник
А проте… здається… ти когось кохала?

Мавка
Ха-ха-ха! Не знаю!
Попитай у гаю.
Я піду квітчати дрібним рястом коси…

(Подається до лісу.)

Перелесник
Ой гляди! Ще змиють їх холодні роси!

Мавка
Вітерець повіє,
сонечко пригріє,
то й роса спаде!

(Зникає в лісі.)

Перелесник
Постривай хвилину!
Я без тебе гину!
Де ти? Де ти? Де?

Біжить і собі в ліс. Поміж деревами якусь хвилину маячить його червона одіж і, мов луна, озивається: «Де ти? Де?..»

По лісі грає червоний захід сонця, далі погасає. Над озером стає білий туман.

Дядько Лев і Лукаш виходять на галяву.

Лев
(сердито воркоче)

Той клятий Водяник! Бодай би всох!
Я, наловивши риби, тільки виплив
на плесо душогубкою, – хотів
на той бік передатися, – а він
вчепився цупко лапою за днище,
та й ані руш! Ще трохи – затопив би!
Ну й я ж не дурень, як засяг рукою
за бороду, то й замотав, як мичку,
та ножика з-за пояса, – бігме,
так і відтяв би! Та проклята ж пара –
штурхіць! – і перекинула човна!
Я ледь що вибрався живий на берег.
І рибу розгубив… А, щоб ти зслиз!

(До Лукаша.)

А тут іще ж тебе щось учепило, –
кричу, гукаю, кличу – хоч ти згинь!
І де ти дявся?

Лукаш
Та кажу ж – був тута,
вирізував сопілку.

Лев
Щось довгенько
вирізуєш, небоже, сопілки!

Лукаш
(ніяково)

Або ж я, дядьку…

Лев
(усміхнувся і подобрів)

Ей! не вчись брехати,
бо ще ти молодий! Язика шкода!
От ліпше хмизу пошукай по лісі,
та розпали вогонь, – хоч обсушуся,
бо як його таким іти додому?
Поки дійдем, ще й тая нападе –
не тута споминаючи – цур-пек! –
а потім буде душу витрясати…

Лукаш іде в ліс; чутно згодом, як він хряскає сухим гіллям.

Дядько Лев
(сідає під дубом на грубу коренину і пробує викресати вогню, щоб запалити люльку)

А як же! викрешеш! і губка змокла…
і трут згубився… А, нема на тебе

лихої трясці!.. Чи не наросла
на дубі свіжа?

(Обмацує дуба, шукаючи губки).

З озера, в тумані, виринає біла жіноча постать, більше подібна до смуги мли, ніж до людини; простягнені білі довгі руки загребисто ворушать тонкими пальцями, коли вона наближається до Лева.

Лев
(ужахнувшись)

Се що за мара?
Ага! вже знаю. Добре, що побачив!..

(Оговтавшись, виймає з кошеля якісь корінці та зілля і простягає назустріч марі, немов боронячись від неї. Вона трохи відступає. Він прочитує, замовляючи, дедалі все швидше.)

Шіпле-дівице, Пропаснице-Трясавице!
Іди ти собі на куп'я, на болота,
де люди не ходять, де кури не піють,
де мій глас не заходить.
Тут тобі не ходити,
білого тіла не в'ялити,
жовтої кості не млоїти,
чорної крові не спивати,
віку не вкорочати.
Ось тобі полинь –
згинь, маро, згинь!

Мара подається назад до озера і зливається з туманом. Надходить Лукаш з оберемком хмизу, кладе перед дядьком, виймає з-за пазухи кресало й губку і розпалює вогонь.

Лукаш
Ось нате, дядьку, грійтеся.

Лев
Спасибі.
Ти догоджаєш дядькові старому.

(Розпалює коло вогню люльку.)

Тепер що іншого!

(Вкладається проти вогню на траві, поклавши кошеля під голову, пакає люльку і жмуриться на вогонь.)

Лукаш
Якби ви, дядьку,
якої байки нагадали.

Лев
Бач!
умалився!.. А ти б якої хтів?
Про Оха-Чудотвора? Про Трьомсина?

Лукаш
Такі я чув! Ви вмієте інакших,
що їх ніхто не вміє.

Лев
(надумавшись)

Ну, то слухай:
Я про Царівну-Хвилю розкажу.

(Починає спокійним, співучим, розмірним голосом.)

Якби нам хата тепла та люди добрі,
казали б ми казку,
баяли байку
до самого світу.
За темними борами,
та за глибокими морями,
та за високими горами,
то єсть там дивний-предивний край,
де панує Урай.
Що в тому краю сонце не сідає,
місяць не погасає,
а ясні зорі по полю ходять,
таночки водять.
Отож у найкращої зорі та знайшовся син
Білий Полянин.
На личку білий,
на вроду милий,
золотий волос по вітру має,
а срібна зброя в рученьках сяє…

Лукаш
Ви ж про Царівну мали.

Лев
Та зажди!..
От як став Білий Полянин до літ доходжати,
став він собі думати-гадати,
про своє життя розважати:
«З усіх я, каже, вродою вдався,
а ще ж бо я долі не діждався.
Порадь мене, Зірнице-мати,
де мені пари шукати;
чи межи боярством,

преславним лицарством,
чи межи князівством,
чи межи простим поспільством?
Що хіба яка царівна
та була б мені рівна…»

(Починає дрімати.)

От і пішов він до синього моря,
і розіклав на березі перлове намисто…

Лукаш
Відай, ви, дядьку, щось тут проминули.

Лев
Хіба?.. Та ти ж бо вже не заважай!
…От і розбіглася на морі супротивна хвиля,
а з тії хвилі вилетіли коні,
як жар червоні,
у червону колясу запряжені…
А на тій колясі…

(Змовкає, зможений сном.)

Лукаш
Та й хто ж на тій колясі був? Царівна?

Лев
(крізь сон)

Га?.. Де?.. Яка Царівна?..

Лукаш
Вже й заснули!

(Який час дивиться задумливо на вогонь, потім устає, відходить далі від огнища і походжає по галяві, тихо-тихесенько, ледве чутно, пограваючи у сопілку [мелодія № 10]).

В лісі поночіє, але темрява не густа, а прозора, як буває перед сходом місяця. Навколо вогнища блиски світла і свої тіні неначе водять химерний танок; близькі до вогню квіти то поблискують барвами, то гаснуть у пітьмі.

Покрай лісу таємниче біліють стовбури осик та беріз. Весняний вітер нетерпляче зітхає, оббігаючи узлісся та розвіваючи гілля плакучій березі. Туман на озері білими хвилями прибиває до чорних хащів; очерет перешіптується з осокою, сховавшись у млі. З гущавини вибігає Мавка, біжить прудко, мов утікаючи; волосся їй розвіялось, одежа розмаялась. На галяві вона спиняється, оглядаючись, притуляє руки до серця, далі кидається до берези і ще раз зупиняється.

Мавка
Дяка щирая тобі, ніченько-чарівниченько,
що закрила ти моє личенько!
І вам, стежечки, як мережечки,
що вели мене до березочки!
Ой, сховай мене, ти, сестриченько!

(Ховається під березу, обіймаючи її стовбур.)

Лукаш
(підходить до берези, нишком)

Ти, Мавко?

Мавка
(ще тихше)

Я.

Лукаш
Ти бігла?

Мавка
Як білиця.

Лукаш
Втікала?

Мавка
Так!

Лукаш
Від кого?

Мавка
Від такого,
як сам вогонь.

Лукаш
А де ж він?

Мавка
Цить!.. Бо знову прилетить.
Мовчання.

Лукаш
Як ти тремтиш! Я чую, як береза
стинається і листом шелестить.

Мавка
(відхиляється від берези)

Ой лихо! Я боюся притулятись,
а так не встою.

Лукаш
Притулись до мене.
Я дужий, – здержу, ще й обороню.

Мавка прихиляється до нього. Вони стоять у парі. Місячне світло починає ходити по лісі, стелеться по галяві і закрадається під березу. В лісі озиваються співи солов'їні і всі голоси весняної ночі. Вітер поривчасто зітхає. З осяйного туману виходить Русалка і нишком підглядає молоду пару.

Лукаш, тулячи до себе Мавку, все ближче нахиляється обличчям до неї і раптом цілує.

Мавка
(скрикує з болем щастя)

Ох!.. Зірка в серце впала!

Русалка
Ха-ха-ха!

(З сміхом і плеском кидається в озеро.)

Лукаш
(ужахнувшись)

Що се таке?

Мавка

Не бійся, то Русалка.
Ми подруги, – вона нас не зачепить.
Вона свавільна, любить глузувати,
але мені дарма… Мені дарма
про все на світі!

Лукаш
То й про мене?

Мавка
Ні,
ти сам для мене світ, миліший, кращий,
ніж той, що досі знала я, а й той
покращав, відколи ми поєднались.

Лукаш
То ми вже поєднались?

Мавка
Ти не чуєш,
як солов'ї весільним співом дзвонять?

Лукаш
Я чую… Се вони вже не щебечуть,
не тьохкають, як завжди, а співають:
«Цілуй! цілуй! цілуй!»

(Цілує її довгим, ніжним, тремтячим поцілунком.)

Я зацілую
тебе на смерть!

Зривається вихор, білий цвіт метелицею в'ється по галяві.

Мавка
Ні, я не можу вмерти…
а шкода…

Лукаш
Що ти кажеш? Я не хочу!
Навіщо я сказав?!.

Мавка
Ні, се так добре –
умерти, як летюча зірка…

Лукаш
Годі!

(Говорить, пестячи.)

Не хочу про таке! Не говори!
Не говори нічого!.. Ні, кажи!
Чудна у тебе мова, але якось
так добре слухати… Що ж ти мовчиш?
Розгнівалась?

Мавка
Я слухаю тебе…
твого кохання…

(Бере в руки голову його, обертає проти місяця і пильно дивиться в вічі.)

Лукаш
Нащо так? Аж страшно,
як ти очима в душу зазираєш…
Я так не можу! Говори, жартуй,
питай мене, кажи, що любиш, смійся…

Мавка
У тебе голос чистий, як струмок,
а очі – непрозорі.

Лукаш
Може, місяць
неясно світить.
Мавка
Може...

(Схиляється головою йому до серця і замирає.)

Лукаш
Ти зомліла?

Мавка
Цить! Хай говорить серце... Невиразно
воно говорить, як весняна нічка.

Лукаш
Чого там прислухатися? Не треба!

Мавка
Не треба, кажеш? То не треба, малий!
Не треба, любий! Я не буду, щастя,
не буду прислухатися, хороший!
Я буду пестити, моє кохання!
Ти звик до пестощів?

Лукаш
Я не любився
ні з ким ще зроду. Я того й не знав,
що любощі такі солодкі!

Мавка пристрасно пестить його, він скрикує з мукою
втіхи.

Мавко!
ти з мене душу виймеш!

Мавка
Війму, війму!
Візьму собі твою співочу душу,
а серденько словами зачарую…
Я цілуватиму вустонька гожі,
щоб загорілись,
щоб зашарілись,
наче ті квітоньки з дикої рожі!
Я буду вабити очі блакитні,
хай вони грають,
хай вони сяють,
хай розсипають вогні самоцвітні!

(Раптом сплескує руками.)

Та чим же я принаджу любі очі!
Я ж досі не заквітчана!

Лукаш
Дарма!
ти й без квіток хороша.

Мавка
Ні, я хочу
для тебе так заквітчатися пишно,
як лісова царівна!

(Біжить на другий кінець галяви, далеко від озера, до цвітучих кущів.)

Лукаш
Почекай!
Я сам тебе заквітчаю.

(Іде до неї.)

Мавка
(смутно)

Не красні
квіти вночі, тепер поснули барви…

Лукаш
Тут світляки в траві, я назбираю,
вони світитимуть у тебе в косах,
то буде наче зоряний вінок.

(Кладе скільки світляків їй на волосся.)

Дай подивлюся… Ой, яка ж хороша!

(Не тямлячись від щастя, пориває її в обійми.)

Я ще набрати мушу. Я вберу тебе,
мов королівну, в самоцвіти!

(Шукає в траві попід кущами світляків.)

Мавка
А я з калини цвіту наламаю.
Вона не спить, бо соловейко будить.

(Ламає білий цвіт і прикрашує собі одежу.)

Русалка
(знов виходить з туману. Шепоче, повернувшись до очеретів)

Дитинчата-Потерчата,
засвітіте каганчата!

В очеретах заблимали два бродячі вогники. Далі виходять Потерчата, в руках мають каганчики, що блимають, то ясно спалахуючи, то зовсім погасаючи. Русалка притуляє їх до себе і шепоче, показуючи в далечінь на білу постать Лукашеву, що мріє в мороку поміж кущами.

> Дивіться, он отой, що там блукає,
> такий, як батько ваш, що вас покинув,
> що вашу ненечку занапастив.
> Йому не треба жити.

Перше Потерча
Утопи!

Русалка
Не смію. Лісовик заборонив.

Друге Потерча
А ми не здужаєм, бо ми маленькі.

Русалка
Ви маленькі,
ви легенькі,
в ручках вогники ясненькі,
ви як ласочки тихенькі, –
ви підіть у чагарник,
не почує Лісовик,
а як стріне –
вогник свіне –
був і зник!
Перекиньтесь блискавками
над стежками.
Спалахніть над купиною,
поведіть драговиною, –
де він стане,

там і кане
аж на саме дно болота...
Далі – вже моя робота!
Ну! блись-блись!

Потерчата
(рушаючи одно до одного)

Ти сюдою, я тудою,
а зійдемось над водою!

Русалка
(радо)

Подались!

(Надбігає до болота, бризкає водою з пальців позад себе через плечі. З-за купини вискакує Куць, молоденький чортик-паничик.)

Куцю-Куцю,
поцілуй у руцю!

(Свавільним рухом простягає йому руку, він цілує.)

Куць
За що ж то, панянко?

Русалка
Я тобі сніданко
гарне виготую, тільки не прогав.

(Показує в далечінь на Лукаша.)

Бачиш? Що? Привик ти до таких потрав?

Куць

(махнув рукою)

Поки не в болоті, –
сухо в мене в роті!
Русалка
Буде хлопець твій,
радість буде й бабі, й матінці твоїй!

Куць стрибає за купину і зникає. Русалка в очереті зорить за Потерчатами, що миготять бігунцями, спалахують, блимають, снуються, перебігають.

Лукаш
(шукаючи світляків, завважає вогники)

Які хороші світляки! летючі!
Я ще таких не бачив! А великі!
Я мушу їх піймати!

(Ганяється то за одним, то за другим, вони непомітно надять його до драговини.)

Мавка
Не лови!
Коханий, не лови! То Потерчата!
Вони зведуть на безвість!

Лукаш не чує, захоплений гонитвою, і відбігає геть далеко від Мавки.

Лукаш
(раптом скрикує)

Пробі! Гину!
В драговину попав! Ой смокче! тягне!

Мавка надбігає на його крик, але не може дістатися до нього, бо він загруз далеко від твердого берега. Вона кидає йому один кінець свого пояса, держачи за другий.

Мавка
Лови!
Пояс не досягає руки Лукашевої.

Лукаш
Ой, не сягає! Що ж се буде?

Мавка
(*кидається до верби, що стоїть, похилившись над драговиною*)

Вербиченько-матусеньку, рятуй!

(*Швидко, як біличя, злазить на вербу, спускається по крайньому вітті, кидає знов пояса – він на сей раз досягає, – Лукаш хапається за кінець, Мавка притягає його до себе, потім подає руку і помагає злізти на вербу.*)

Русалка в очереті видає глухий стогін досади і зникає в тумані. Потерчата теж зникають.

Дядько Лев
(*прокинувся від крику*)

Га?.. Що таке? Вже знов якась мара?
Цур-пек! щезай!

(Оглядається.)

Лукашу, де ти? гов!

Лукаш
(озивається з верби)

Я тута, дядьку!

Лев
А ти тут чого?

(Підходить і заглядає на вербу.)

Зліз на вербу, ще й з дівкою!

Лукаш ізлізає з верби. Мавка там лишається.

Лукаш
Ой дядьку!
Я тут було в драговині загруз,
натрапив на вікно, та вже вона
(показує на Мавку)

порятувала якось.

Лев
А чого ж ти
стикаєшся отут як поторочна? –
таж поночі!

Лукаш
Я світляки ловив…

(Уриває.)

Лев
(завважає світляки на Мавці)

Ба! так би ти й казав, то я ж би знав!
Тепер я бачу сам, чия то справа.

Мавка
Я ж, дядечку, його порятувала.

Лев
Дивись ти – «дядечку»! Знайшлась небога!
А хто ж його призвів у пастку лізти?

(Докірливо хитає головою.)

Ей, кодло лісове! Така в вас правда!..
Ну, попаду ж і я Лісовика,
то вже не вирветься, – в пеньок дубовий
вщемлю те бородище-помелище,
то буде відати! Бач, підсилає
своїх дівок, а сам – і я не я!

Мавка
(швидко збігає з верби)

Ні, він не винен! Хай Змія-Цариця
мене скарає, якщо се неправда!
І я не винна!

Лев
От, тепера вірю,
бо знаю, се в вас присяга велика.

Лукаш
Вона мене порятувала, дядьку,
от бігме згинув би тепер без неї!

Лев
Ну, дівонько, хоч ти душі не маєш,
та серце добре в тебе. Пробачай,
що я нагримав зопалу.

(До Лукаша.)

Чого ж ти
по світляки погнався на болото?
Хіба ж вони по купинах сидять?

Лукаш
Та то якісь буди такі летючі!

Лев
Еге! То знаю ж я! То Потерчата!
Ну-ну, чекайте ж, приведу я взавтра
щеняток-ярчуків, то ще побачим,
хто тут заскавучить!

Голоски Потерчат
(озиваються жалібно, подібно до жаб'ячого кумкання)

Ні, ні, дідуню!
Ні, ми не винні!
Ми в драговинні
ягідки брали.
Ми ж бо не знали,
що тута гості,
ми б не зринали
із глибокості…

Ой нене, сум!
Нум плакать, нум!
Лев
Чи бач, як знітилась невірна пара,
відьомський накоренок! Та нехай,
я вже дійду, хто винен, хто не винен!..

(До Лукаша.)

А що, небоже, чи не час додому?
Ходім помалу.

(До Мавки.)

Будь здорова, дівко!

Мавка
Ви завтра прийдете? Я покажу,
де є хороше дерево на хату.

Лев
Я бачу, ти про все вже розпиталась.
Метка! Та що ж, приходь, я з вами звик,
та й вам до нас прийдеться привикати.
Ходімо. Прощавай!

(Рушає.)

Мавка
(більш до Лукаша, ніж до Лева)

Я буду ждати!

Лукаш відстає від дядька, стискає мовчки обидві руки Мавці, безгучно її цілує і, догнавши дядька, іде з ним у ліс.

Мавка
(сама)

Коли б ти, нічко, швидше минала!
Вибач, коханая! Ще ж я не знала
днини такої, щоб була щасна
так, як ти, ніченько, так, як ти, ясна!
Чом ти, березо, така журлива?
Глянь, моя сестронько, таж я щаслива!
Не рони, вербо, сліз над водою,
буде ж, матусенько, милий зо мною!..
Батьку мій рідний, темненький гаю,
як же я ніченьку сюю прогаю?
Нічка коротка – довга розлука…
Що ж мені суджено – щастя чи мука?

Місяць сховався за темну стіну лісу, темрява наплила на прогалину, чорна, мов оксамитна. Нічого не стало видко, тільки жевріє долі жар, позосталий від огнища, та по вінку із світляків знати, де ходить Мавка поміж деревами: вінок той яснів то цілим сузір'ям, то окремими іскрами, далі тьма і його покриває. Глибока північна тиша, тільки часом легкий шелест чується в гаю, мов зітхання у сні.

ДІЯ ІІ

Пізнє літо. На темнім матовім листі в гаю де-не-де видніє осіння прозолоть. Озеро змаліло, берегова габа поширшала, очерети сухо шелестять скупим листом.

На галяві вже збудовано хату, засаджено городець. На одній нивці пшениця, на другій – жито. На озері плавають гуси. На березі сушиться хустя, на кущах стримлять горщики, гладишки. Трава на галяві чисто викошена, під дубом зложений стіжок. По лісі калатають клокічки – десь пасеться товар. Недалечко чутно сопілку, що грає якусь моторну, танцюристу мелодію [мелодії № 11, 12, 13].

Мати Лукашева
(виходить з хати й гукає)

Лукашу, гов! А де ти?

Лукаш
(виходить з лісу з сопілкою і мережаним кийком у руках)

Тут я, мамо.

Мати
А чи не годі вже того грання?
Все грай та грай, а ти, робото, стій!

Лукаш
Яка ж робота?

Мати
Як – яка робота?
А хто ж обору мав загородити?

Лукаш
Та добре вже, загороджу, нехай-но.

Мати
Коли ж воно оте «нехай-но» буде?
Тобі б усе ганяти по шурхах
з приблудою, з накидачем отим!

Лукаш
Та хто ганяє? Бидло ж я пасу,
а Мавка помагає.

Мати
Одчепися
з такою поміччю!

Лукаш
Сами ж казали,
що як вона глядить корів, то більше
дають набілу.

Мати
Вже ж – відьомське кодло!

Лукаш
Немає відома, чим вам годити!
Як хату ставили, то не носила
вона нам дерева? А хто садив

города з вами, нивку засівав?
Так, як сей рік, хіба коли родило?
А ще он як умаїла квітками
попідвіконню – любо подивитись!

Мати
Потрібні ті квітки! Таж я не маю
у себе в хаті дівки на виданню…
Йому квітки та співи в голові!

Лукаш знизує нетерпляче плечима і подається йти.

Куди ти?

Лукаш
Таж обору городити!

(Іде за хату, згодом чутно цюкання сокирою.)

Мавка виходить з лісу пишно заквітчана, з розпущеними косами.

Мати
(непривітно)

Чого тобі?

Мавка
Де, дядино, Лукаш?

Мати
Чого ти все за ним? Не випадає
за парубком так дівці уганяти.

Мавка
Мені ніхто такого не казав.

Мати
Ну, то хоч раз послухай – не завадить.

(Прикро дивиться на Мавку.)

Чого ти все розпатлана така?
Нема, щоб зачесатись чепурненько, –
усе як відьма ходить. Нечепурно.
І що се за манаття на тобі?
Воно ж і невигідне при роботі.
Я маю дещо там з дочки-небіжки,
піди вберися – там на жердці висить.
А се, як хоч, у скриню поклади.

Мавка
Та добре, можу й переодягтися.

(Іде в хату. Звідти виходить дядько Лев.)

Мати
Хоч би подякувала!

Лев
Що ти, сестро,
так уїдаєш раз у раз на дівку?
Чи то вона тобі чим завинила?

Мати
А ти, братуню, вже б не відзивався,
коли не зачіпають! Ти б іще
зібрав сюди усіх відьом із лісу.

Лев
Якби ж воно такеє говорило,
що тямить, ну, то й слухав би, а то...
«відьом із лісу!» – де ж є відьма в лісі?
Відьми живуть по селах...

Мати
То вже ти
на тому знаєшся... Та що ж, принаджуй
ту погань лісову, то ще діждешся
колись добра!

Лев
А що ж? Таки й діжду.
Що лісове, то не погане, сестро, –
усякі скарби з лісу йдуть...

Мати
(глузливо)

Аякже!

Лев
З таких дівок бувають люди, от що!

Мати
Які з їх люди? Чи ти впився? Га?

Лев
Та що ти знаєш? От небіжчик дід
казали: треба тільки слово знати,
то й в лісовичку може уступити
душа така саміська, як і наша.

Мати
Ну, а куди ж тоді відьомська пара подінеться?

Лев
Ти знов таки своєї?..
От ліпше заберуся до роботи,
як маю тут жувати кლоччя!

Мати
Йди!
Або ж я бороню?

Лев іде за хату, сердито струснувши головою.

Мавка виходить з хати перебрана: на їй сорочка з десятки, скупо пошита і латана на плечах, вузька спідничина з набиванки і полинялий фартух з димки, волосся гладко зачесане у дві коси і заложене навколо голови.

Мавка
Вже й перебралась.

Мати
Отак що іншого. Ну, я піду –
управлюся тим часом з дробиною.
Хотіла я піти до конопель,
так тут іще не скінчена робота,
а ти до неї щось не вельми…

Мавка
Чом же?
Що тільки вмію, рада помогти.

Мати
Ото-то й ба, що неконечне вмієш:
політниця з тебе абияка,

тащити сіна – голова боліла...
Як так і жати маєш...

Мавка
(зострахом)

Як-то? Жати?
Ви хочете, щоб я сьогодні жала?

Мати
Чому ж би ні? Хіба сьогодні свято?

(Бере за дверима в сінях серпа і подає Мавці.)

Ось на серпа – попробуй.
Як управлюсь,
то перейму тебе.

(Виходить за хату, узявши з сіней підситок із зерном. Незабаром чутно, як вона кличе: «Ціпоньки! ціпоньки! тю-тю-тю! тю-тю-тю! Цір-р-р...»)

Лукаш виходить із сокирою і підступає до молодого грабка, щоб його рубати.

Мавка
Не руш, коханий,
воно ж сире, ти ж бачиш.

Лукаш
Ай, дай спокій!
Не маю часу!
Мавка смутно дивиться йому в вічі.
Ну, то дай сухого...

Мавка
(швиденько виволікає з лісу чималу суху деревину)

Я ще знайду; тобі багато треба?

Лукаш
А що ж? Оцим одним загороджу?

Мавка
Чогось уже і ти став непривітний…

Лукаш
Та бачиш… мати все гризуть за тебе!..

Мавка
Чого їй треба? І яке їй діло?

Лукаш
Та як же? Я ж їм син…

Мавка
Ну, син, – то що?

Лукаш
Бач… їм така невістка не до мислі…
Вони не люблять лісового роду…
Тобі недобра з їх свекруха буде!

Мавка
У лісі в нас нема свекрух ніяких.
Навіщо ті свекрухи, невістки –
не розумію!

Лукаш
Їм невістки треба,
бо треба помочі – вони старі.
Чужу все до роботи заставляти
не випадає… Наймички – не дочки…
Та правда, ти сього не зрозумієш…
Щоб наші людські клопоти збагнути,
то треба справді вирости не в лісі.

Мавка
(щиро)

Ти розкажи мені, я зрозумію,
бо я ж тебе люблю… Я ж пойняла
усі пісні сопілоньки твоєї.

Лукаш
Пісні! То ще наука невелика!

Мавка
Не зневажай душі своєї цвіту,
бо з нього виросло кохання наше!
Той цвіт від папороті чарівніший –
він скарби творить, а не відкриває.
У мене мов зродилось друге серце,
як я його пізнала. В ту хвилину
огнисте диво сталось…

(Раптом уриває.)

Ти смієшся?

Лукаш
Та справді, якось наче смішно стало...
Убрана по-буденному, а править
таке, немов на свято орацію!

(Сміється.)

Мавка
(шарпає на собі одежу)

Спалю се все!

Лукаш
Щоб мати гірше гризли?

Мавка
Та що ж, як я тобі у цій одежі
неначе одмінилась!

Лукаш
Так я й знав!
Тепер уже почнеться дорікання...

Мавка
Ні, любий, я тобі не дорікаю,
а тільки – смутно, що не можеш ти
своїм життям до себе дорівнятись.

Лукаш
Я щось не розберу, що ти говориш.

Мавка
Бач, я тебе за те люблю найбільше,
чого ти сам в собі не розумієш,

хоча душа твоя про те співає
виразно-щиро голосом сопілки…

Лукаш
А що ж воно таке?

Мавка
Воно ще краще,
ніж вся твоя хороша, люба врода,
та висловить його і я не можу…

(Смутно-закохано дивиться на нього і мовчить хвилинку.)

Заграй мені, коханий, у сопілку,
нехай вона все лихо зачарує!

Лукаш
Ей, не пора мені тепера грати!

Мавка

То пригорни мене, щоб я забула
осю розмову.

Лукаш
(оглядається)

Цить! почують мати!
Вони вже й так тебе все називають
накидачем…

Мавка
(спалахнула)

Так! хто не зріс між вами,
не зрозуміє вас! Ну, що се значить
«накинулась»? Що я тебе кохаю?
Що перша се сказала? Чи ж то ганьба,
що маю серце не скупе, що скарбів
воно своїх не крие, тільки гойно
коханого обдарувало ними,
не дожидаючи вперед застави?

Лукаш
Була надія, що віддячусь потім.

Мавка
І знов чудне, незрозуміле слово –
«віддячуся»… Ти дав мені дари,
які хотів, такі були й мої –
неміряні, нелічені…

Лукаш
То й добре,
коли ніхто не завинив нікому.
Ти се сама сказала – пам'ятай.

Мавка
Чому я маю сеє пам'ятати?

Мати
(виходить із-за хати)

Се так ти жнеш? А ти се так городиш?

Лукаш поспішно поволік дерево за хату.

Коли ти, дівонько, не хочеш жати,
то я ж тебе не силую. Вже якось

сама управлюся, а там на вісень,
дасть біг, знайду собі невістку в поміч.
Там є одна вдовиця – моторненька, –
сама припитувалась через люди,
то я сказала, що аби Лукаш
був не від того… Ну, давай вже, любко,
мені серпочка – другого ж немає.

Мавка
Я жатиму. Ідіть до конопель.

Мати йде через галяву до озера і криється за очеретом. Мавка замахує серпом і нахиляється до жита. З жита раптом виринає Русалка Польова; зелена одіж на їй просвічує де-не-де крізь плащ золотого волосся, що вкриває всю її невеличку постать; на голові синій вінок з волошок, у волоссі заплутались рожеві квітки з куколю, ромен, березка.

Русалка Польова
(з благанням кидається до Мавки)

Сестрице, пошануй!
Краси моєї не руйнуй!

Мавка
Я мушу.

Русалка Польова
Уже ж мене пошарпано,
всі квітоньки загарбано,
всі квітоньки-зірниченьки
геть вирвано з пшениченьки!
Мак мій жаром червонів,
а тепер він почорнів,

наче крівця пролилася,
в борозенці запеклася...

Мавка
Сестрице, мушу я! Твоя краса
на той рік ще буйніше запишає,
а в мене щастя як тепер зов'яне,
то вже не встане!

Русалка Польова
(ламає руки і хитається від горя, як од вітру колос)

Ой горенько! косо моя!
косо моя золотая!
Ой лишенько! красо моя!
красо моя молодая!..

Мавка
Твоїй красі вік довгий не судився,
на те вона зроста, щоб полягати.
Даремне ти благаєш так мене, –
не я, то інший хто її зожне.

Русалка Польова
Глянь, моя сестро, ще хвиля гуляє
з краю до краю.
Дай нам зажити веселого раю,
поки ще літечко сяє,
поки ще житечко не полягло, –
ще ж неминуче до нас не прийшло!
Хвильку! Хвилиночку! Мить одну, рідная!
Потім пониюне краса моя бідная,
ляже додолу сама...
Сестро! не будь як зима,
що не вблагати її, не вмолити!

Мавка
Рада б я волю вволити,
тільки ж сама я не маю вже волі.
Русалка Польова

(шепче, схилившись Мавці до плеча)

Чи ж не трапляється часом на полі
гострим серпочком поранити руку?
Сестронько! зглянься на муку!
Крапельки крові було б для рятунку доволі. –
Що ж? Хіба крові не варта краса?

Мавка
(черкає себе серпом по руці, кров бризкає на золоті коси Русалки Польової)

Ось тобі, сестро, яса!

Русалка Польова клониться низько перед Мавкою, дякуючи, і никне в житі.

Від озера наближається мати, а з нею молода повновида молодиця, в червоній хустці з торочками, в бурячковій спідниці, дрібно та рівно зафалдованій; так само зафалдований і зелений фартух з нашитими на ньому білими, червоними та жовтими стяжками; сорочка густо натикана червоним та синім, намисто дзвонить дукачами на білій, пухкій шиї, міцна крайка тісно перетягає стан і від того кругла, заживна постать здається ще розкішнішою. Молодиця йде замашистою ходою, аж стара ледве поспіває за нею.

Мати
(до молодиці люб'язно)

Ходіть, Килинко, осьде край берези
ще свіже зіллячко. Ось деревій, –
ви ж гладишки попарити хотіли? –
Він добрий, любонько, до молока.

Килина
Та в мене молока вже ніде й діти!
Коб ярмарок хутчій – куплю начиння.
Корова в мене турського заводу, –
ще мій небіжчик десь придбав, – молочна,
і господи яка! Оце вже якось
я в полі обробилася, то треба
роботі хатній дати лад. Он тітко,
вдовиці – хоч надвоє розірвися!..

(Прибіднюється, підобгавши губи.)

Мати
Ей рибонько, то ви вже обробились?
Ну, ще то сказано, як хто робітний,
та здужає… А в нас – маленька нивка,
та й то бог спору не дає…

Килина
(дивиться на ниву, де стоїть Мавка)

А хто ж то женцем у вас?

Мати
Та там одна сирітка…

(Нишком.)

Таке воно, простибіг, ні до чого…

Килина
(надходить з матір'ю до Мавки)

Добридень, дівонько! Чи добре жнеться?

Мати
(сплескує руками)

Ой лишенько! Іще не починала!
Ой мій упадоньку! Що ж ти робила?
Нездарисько! Нехтолице! Ледащо!

Мавка
(глухо)

Я руку врізала…

Мати
Було при чому!

Килина
А дай сюди серпа – нехай-но я.

Мавка ховає серпа за себе і вороже дивиться на Килину.

Мати
Давай серпа, як кажуть! Таж не твій!

(Вириває серпа Мавці з рук і дає Килині, тая кидається на жито і жне, як вогнем палить, аж солома свище під серпом.)

Мати
(втішно)

Ото мені робота!

Килина
(не одриваючись од роботи)

Якби хто
перевесла крутив, то я б удух
сю нивку вижала.

Мати
(гукає)

А йди, Лукашу!

Лукаш
(виходить. До Килини)

Магайбі.

Килина
(жнучи)

Дякувати.

Мати
От, Лукашу,
поможеш тут в'язати молодичці.
Бо та «помічниця» вже скалічіла.

Лукаш береться в'язати снопи.

Ну, жніте ж, дітоньки, а я піду,
зварю вам киселиці на полудень.

(Іде в хату.)

Мавка одійшла до берези, прихилилась до неї і крізь довге віття дивиться на женців.

Килина який час так само завзято жне, потім розгинається, випростується, дивиться на похиленого над снопами Лукаша, всміхається, трьома широкими кроками прискакує до нього і пацає з виляском долонею по плечах.

Килина
Ну ж, парубче, хутчій! Не лізь, як слимак!
Ото ще вериско!

(Залягається сміхом.)

Лукаш
(і собі випростується)

Яка ти бистра!
Ось ліпше не займай, бо поборю!

Килина
(кидає серпа, береться в боки)

Ану ж, ану! Ще хто кого – побачим!

Лукаш кидається до неї, вона переймає його руки; вони «міряють силу», упершись долонями в долоні; який час сила їх стоїть нарівні, потім Килина трохи подалась назад, напружено сміючись і граючи очима; Лукаш, розпалившись, широко розхиляє їй руки і хоче її поцілувати, але в той час, як його уста вже торкаються її уст, вона підбиває його ногою, він падає.

Килина
(стоїть над ним сміючись)

А що? Хто поборов? Не я тебе?

Лукаш
(устає, важко дишучи)

Підбити – то не мація!

Килина
Чи ж пак?

У хаті стукнули двері. Килина знов кинулася жати, а Лукаш в'язати. Хутко загін затемнів стернею і вкрився снопами; скільки горсток жита на розложених перевеслах лежать, як подолані і ще не пов'язані бранці.

Мати
(з сінешнього порога)

Ходіте, женчики! вже є полудень.

Килина
Та я своє скінчила, он Лукаш
ніяк не вправиться.

Лукаш
Мені не довго.

Мати
Ну, то кінчай; а ви ходіть, Килинко!

Килина йде в хату. Двері зачиняються. Мавка виходить з-під берези.

Лукаш
(трохи змішався, побачивши її, але зараз оправився)

Ага, то ти? Ось дов'яжи снопи, а я піду.

Мавка
В'язати я не можу.

Лукаш
Ну, то чого ж прийшла тут наглядати,
коли не хочеш помогти?

(В'яже сам.)

Мавка
Лукашу,
нехай ся жінка більше не приходить, –
я не люблю її – вона лукава,
як видра.

Лукаш
Ти її ніяк не знаєш.

Мавка
Ні, знаю! Чула сміх її і голос.

Лукаш
Сього ще мало.

Мавка
Ні, сього доволі.
Ся жінка хижа, наче рись.

Лукаш
Іще що?

Мавка
Нехай вона до нас у ліс не ходить.

Лукаш
(випростався)

А ти хіба вже лісова цариця,
що так рядиш, хто має в ліс ходити,
хто ні?

Мавка
(сумно, з погрозою)

У лісі є такі провалля,
заховані під хрустом та галуззям, –
не бачить їх ні звір, ані людина,
аж поки не впаде…

Лукаш
Іще говорить
про хижість, про лукавство, –
вже б мовчала!
Я бачу, ще не знав натури твеї.

Мавка
Я, може, і сама її не знала…

Лукаш
Так, отже, слухай: якщо я тут маю
тебе питати, хто до мене сміє
ходити, а хто ні, то ліпше сам я
знов з лісу заберуся на село.
Вже якось там не пропаду між людьми.
Бо я не став отут сидіти в тебе,
як лис у пастці.

Мавка
Я пасток на тебе
не наставляла. Ти прийшов по волі.

Лукаш
По волі ж і піду, як тільки схочу,
ніхто нічим мене тут не прив'яже!

Мавка
Чи я ж тебе коли в'язати хтіла?

Лукаш
Ну, то до чого ж ціла ся балачка?

Дов'язав останнього снопа і, не дивлячись на Мавку, пішов до хати. Мавка сіла в борозні над стернею і похилилась у смутній задумі.

Дядько Лев
(*виходить із-за хати*)

Чого се ти, небого, зажурилась?

Мавка
(*тихо, смутно*)

Минає літо, дядечку…

Лев
Для тебе
воно таки журба. Я міркував би,
що вже б тобі не тра верби на зиму.

Мавка
А де ж я маю бути?

Лев
Як на мене,
то не тісна була б з тобою хата…
Коли ж сестра таку натуру має,
що з нею й не зговориш. Я вже брався
і так, і інако… Якби то я
був тут господарем, то й не питався б;
та вже ж я їм віддав сей ґрунт і хату,
то воля не моя. Я сам піду
на зиму до села, до своєї доми…
Якби ти на селі могла сидіти,
то я б тебе прийняв.

Мавка
Ні, я не можу…
якби могла, пішла б. Ви, дядьку, добрі.

Лев
Хліб добрий, дівонько, а не людина.
Але, щоправда, я таки вподобав
породу вашу лісову. Як буду
вмирати, то прийду, як звір, до лісу, –
отут під дубом хай і поховають…
Гей, дубоньку, чи будеш ти стояти,
як сива голова моя схитнеться?..
Де-де! ще й не такі були дуби,
та й тії постинали… Зеленій же
хоч до морозу, кучерявий друже,
а там… чи дасть біг ще весни діждати?..

(Стоїть, смутно похилившись на ціпок.)

Мавка поволі вибирає напівзів'ялі квітки з пожатого жита і складає їх у пучечок. З хати виходять: мати, Килина і Лукаш.

Мати
(до Килини)

Чого ви спішитесь? Та ще посидьте!

Килина
Ей, ні вже, дядинусю, я піду.
Дивіть, уже нерано, – я боюся.

Мати
Лукашу, ти провів би.

Лукаш
Чом же, можу.

Килина
(поглядає на нього)

Та, май, робота є…

Мати
Яка робота
увечері? Іди, синашу, йди,
та надведи Килинку до дороги.
Самій увечері в сій пущі сумно.
Та ще така хороша молодичка, –
коли б хто не напав!

Килина
Ой дядинусю,
се ж ви мене тепер зовсім злякали!
Лукашу, йдім, поки не звечоріло,
а то й удвох боятимемось!

Лукаш
Я б то?
боявся в лісі? Ого-го! помалу!

Мати
Та він у мене хлопець-молодець,
ви вже, Килинко, честі не уймайте!

Килина
Ні, то я жартома…

(Завважає Лева)

Ов! Дядьку Леве!
то ви-те вдома?

Лев
(удає, мов не дочув)

Га? ідіть здорові!

(Йде собі в ліс.)

Килина
Ну, будьте вже здоровенькі, тітусю!

(Хоче поцілувати стару в руку, тая не дає, обтирає собі рота фартухом і тричі «з церемонією» цілується з Килиною.)

Килина
(вже на ході)

Живі бувайте, нас не забувайте!

Мати
Веселі будьте, та до нас прибудьте!

(Йде в хату і засовує двері за собою.)

Мавка підводиться і тихою, наче втомленою, походою іде до озера, сідає на похилену вербу, схиляє голову на руки і тихо плаче. Починає накрапати дрібний дощик, густою сіткою заволікає галяву, хату й гай.

Русалка
(підпливає до берега і заглядає до Мавки, здивована і цікава)

Ти плачеш, Мавко?

Мавка
Ти хіба ніколи
не плакала, Русалонько?

Русалка
О, я!
Як я заплачу на малу хвилинку,
то мусить хтось сміятися до смерті!

Мавка
Русалко! ти ніколи не кохала…

Русалка
Я не кохала? Ні, то ти забула,
яке повинно буть кохання справжнє!
Кохання – як вода, – плавке та бистре,
рве, грає, пестить, затягає й топить.
Де пал – воно кипить, а стріне холод –
стає мов камінь. От моє кохання!

А те твоє – солом'яного духу
дитина квола. Хилиться од вітру,
під ноги стелеться. Зостріне іскру –
згорить, не борючись, а потім з нього
лишиться чорний згар та сивий попіл.
Коли ж його зневажать, як покидьку,
воно лежить і кисне, як солома,
в воді холодній марної досади,
під пізніми дощами каяття.

Мавка
(*підводить голову*)

Ти кажеш – каяття? Спитай березу,
чи кається вона за тії ночі,
коли весняний вітер розплітав
їй довгу косу?

Русалка
А чого ж сумує?

Мавка
Що милого не може обійняти,
навіки пригорнути довгим віттям.

Русалка
Чому?

Мавка
Бо милий той – весняний вітер.

Русалка
Нащо ж було кохати їй такого?

Мавка
Бо він був ніжний, той весняний легіт,
співаючи, їй розвивав листочки,
милуючи, розмаяв їй віночка,
і, пестячи, кропив росою косу…
Так, так… він справжній був весняний вітер,
та іншого вона б не покохала.

Русалка
Ну, то нехай тепер жалобу спустить
аж до землі, бо вітра обійняти
повік не зможе – він уже пролинув.

(Тихо, без плеску, відпливає від берега і зникає в озері.)

Мавка знов похилилась, довгі чорні коси упали до землі. Починається вітер і жене сиві хмари, а вкупі з ними чорні ключі пташині, що відлітають у вирій. Потім від сильнішого пориву вітру хмари дощові розходяться і видко ліс – уже в яскравому осінньому уборі на тлі густо-синього передзахідного неба.

Мавка
(тихо, з глибокою журбою)

Так… він уже пролинув…

Лісовик виходить з гущавини. Він у довгій киреї барви старого золота з темно-червоною габою внизу, навколо шапки обвита гілка достиглого хмелю.

Лісовик
Доню, доню,
як тяжко ти караєшся за зраду!..

Мавка
(*підводить голову*)

Кого я зрадила?

Лісовик
Саму себе.
Покинула високе верховіття
і низько на дрібні стежки спустилась.
До кого ти подібна? До служебки,
зарібниці, що працею гіркою
окрайчик щастя хтіла заробити
і не змогла, та ще останній сором
їй не дає жебрачкою зробитись.
Згадай, якою ти була в ту ніч,
коли твоє кохання розцвілося:
була ти наче лісова царівна
у зорянім вінку на темних косах, –
тоді жадібно руки простягало
до тебе щастя і несло дари!

Мавка
Так що ж мені робить, коли всі зорі
погасли і в вінку, і в серці в мене?

Лісовик
Не всі вінки погинули для тебе.
Оглянься, подивись, яке тут свято!
Вдяг ясень-князь кирею золоту,
а дика рожа буйнії корали.
Невинна біль змінилась в гордий пурпур
на тій калині, що тебе квітчала,
де соловей співав пісні весільні.
Стара верба, смутна береза навіть
у златоглави й кармазини вбрались

на свято осені. А тільки ти
жебрацькі шмати скинути не хочеш,
бо ти забула, що ніяка туга
краси перемагати не повинна.

Мавка
(поривчасто встає)

То дай мені святкові шати, діду!
Я буду знов, як лісова царівна,
і щастя упаде мені до ніг,
благаючи моєї ласки!

Лісовик
Доню,
давно готові шати для царівни,
але вона десь бавилась, химерна,
убравшися для жарту за жебрачку.

Розкриває свою кирею і дістає досі заховану під нею пишну, злотом гаптовану багряницю і срібний серпанок; надіває багряницю поверх убрання на Мавку; Мавка йде до калини, швидко ламає на ній червоні китиці ягід, звиває собі віночок, розпускає собі коси, квітчається вінком і склоняється перед Лісовиком, – він накидає їй срібний серпанок на голову.

Лісовик
Тепер я вже за тебе не боюся.

(Поважно кивнувши їй головою, меткою походою йде в гущавину і зникає.)

З лісу вибігає Перелесник.

Мавка
Знов ти?

(Наміряється втікати.)

Перелесник
(зневажливо)

Не бійся, не до тебе.
Хтів я одвідати Русаленьку, що в житі,
та бачу, вже вона заснула. Шкода…
А ти змарніла щось.

Мавка
(гордо)

Тобі здається!

Перелесник
Здається, кажеш? Дай я придивлюся.

(Підходить до неї, Мавка відступає.)

Та ти чого жахаєшся? Я знаю,
що ти заручена, – не зачеплю.

Мавка
Геть! Не глузуй!

Перелесник
Та ти не сердься, – що ж,
коли я помилився… Слухай, Мавко,
давай лиш побратаємось.

Мавка
З тобою?

Перелесник
А чом же ні? Тепер ми восени,
тепер, бач, навіть сонце прохололо,
і в нас простигла кров. Таж ми з тобою
колись були товариші, а потім
чи грались, чи кохались – трудно зважить, –
тепер настав братерства час. Дай руку.

Мавка трохи нерішуче подає йому руку.

Дозволь покласти братній поцілунок
на личенько твоє бліде.

(Мавка одхиляється, він все-таки її цілує.)

О, квіти
на личеньку одразу зацвіли! –
цнотливії, незапашні, осінні...

(Не випускаючи її руки, оглядається по галяві.)

Поглянь, як там літає павутиння,
кружляє і вирує у повітрі...
Отак і ми...

(Раптом пориває її в танець.)

Так от і ми
кинемось, ринемось
в коло сами!
Зорі пречисті,
іскри злотисті,

ясні та красні вогні променисті,
все, що блискуче, –
все те летюче,
все безупинного руху жагуче!
Так от і я…
так от і я…
Будь же мов іскра, кохана моя!

Прудко вирує танець. Срібний серпанок на Мавці звився угору, мов блискуча гадючка, чорні коси розмаялись і змішалися з вогнистими кучерями Перелесника.

Мавка
Годі!.. ой, годі!..

Перелесник
В щирій загоді
не зупиняйся, кохана, й на мить!
Щастя – то зрада,
будь тому рада, –
тим воно й гарне, що вічно летить!
Танець робиться шаленим.
Звиймося!
Зліймося!
Вихром завиймося!
Жиймо!
зажиймо
вогнистого раю!

Мавка
Годі!.. пусти мене… Млію… вмираю.

(Голова її падає йому на плече, руки опускаються, він мчить її в танці омлілу.)

Раптом з-під землі з'являється темне, широке, страшне Марище.

Марище
Віддай мені моє. Пусти її.

Перелесник
(спиняється і випускає Мавку з рук, вона безвладно спускається на траву)

Хто ти такий?

Марище
Чи ти мене не знаєш? –
«Той, що в скалі сидить».

Перелесник здригнувся, прудким рухом кинувся геть і зник у лісі. Мавка очутилась, звелася трохи, широко розкрила очі і з жахом дивиться на Мару, що простягає руки взяти її.

Мавка
Ні, я не хочу!
Не хочу я до тебе! Я жива!
«Той, що в скалі сидить»
Я поведу тебе в далекий край,
незнаний край, де тихі, темні води
спокійно сплять, як мертві, тьмяні очі,
мовчазні скелі там стоять над ними
німими свідками подій, що вмерли.
Спокійно там: ні дерево, ні зілля
не шелестить, не навіває мрій,
зрадливих мрій, що не дають заснути,
і не заносить вітер жадних співів
про недосяжну волю; не горить

вогонь жерущий; гострі блискавиці
ламаються об скелі і не можуть
пробитися в твердиню тьми й спокою.
Тебе візьму я. Ти туди належиш:
ти бліднеш від огню, від руху млієш,
для тебе щастя – тінь, ти нежива.

Мавка
(встає)

Ні! я жива! Я буду вічно жити!
Я в серці маю те, що не вмирає.

Марище
По чім ти знаєш те?

Мавка
По тім, що муку
свою люблю і їй даю життя.
Коли б могла я тільки захотіти
її забути, я пішла б з тобою,
але ніяка сила в цілім світі
не дасть мені бажання забуття.
В лісі чується шелест людської ходи.
Ось той іде, що дав мені ту муку!
Зникай, Маро! Іде моя надія!

«Той, що в скалі сидить» відступається в темні хащі і там притаюється.

З лісу виходить Лукаш.

Мавка йде назустріч Лукашеві. Обличчя її відбиває смертельною блідістю проти яскравої одежі, конаюча надія розширила її великі темні очі, рухи в неї поривчасті й заникаючі, наче щось у ній обривається.

Лукаш
(побачивши її)

Яка страшна! Чого ти з мене хочеш?

(Поспішає до хати, стукає в двері, мати відчиняє, не виходячи. Лукаш до матері на порозі.)

Готуйте, мамо, хліб для старостів, –
я взавтра засилаюсь до Килини!

(Іде в хату, двері зачиняються.)

«Той, що в скалі сидить» виходить і подається до Мавки.

Мавка
(зриває з себе багряницю)

Бери мене! Я хочу забуття!

«Той, що в скалі сидить» торкається до Мавки; вона, крикнувши, падає йому на руки, він закидає на неї свою чорну кирею. Обоє западаються в землю.

ДІЯ III

Хмарна, вітряна осіння ніч. Останній жовтий відблиск місяця гасне в хаосі голого верховіття. Стогнуть пугачі, регочуть сови, уїдливо хававкають пущики. Раптом все покривається протяглим сумним вовчим виттям, що розлягається все дужче, дужче і враз обривається. Настає тиша.

Починається хворе світання пізньої осені. Безлистий ліс ледве мріє проти попелястого неба чорною щетиною, а долі по узліссі снується розтріпаний морок. Лукашева хата починає біліти стінами; при одній стіні чорніє якась постать, що знеможена прихилилась до одвірка, в ній ледве можна пізнати Мавку; вона в чорній одежі, в сивому непрозорому серпанку, тільки на грудях красіє маленький калиновий пучечок.

Коли розвидняється, на галяві стає видко великий пеньок, там, де стояв колись столітній дуб, а недалечко від нього недавно насипану, ще не поросла моріжком могилу. З лісу виходить Лісовик у сірій свиті і в шапці з вовчого хутра.

Лісовик
(придивляючись до постаті під хатою)

Ти, донечко?

Мавка
(трохи поступає до нього)

Се я.

Лісовик
Невже пустив
тебе назад «Той, що в скалі сидить»?

Мавка
Ти визволив мене своїм злочином.

Лісовик
Ту помсту ти злочином називаєш,
ту справедливу помсту, що завдав я
зрадливому коханцеві твоєму?
Хіба ж то не по правді, що дізнав він
самотнього несвітського одчаю,
блукаючи в подобі вовчій лісом?
Авжеж! Тепер він вовкулака дикий!
Хай скавучить, нехай голосить, виє,
хай прагне крові людської, – не вгасить
своєї муки злої!

Мавка
Не радій,
бо я його порятувала. В серці
знайшла я теє слово чарівне,
що й озвірілих в люди повертає.

Лісовик
(тупає зо злости ногою і ламає з тріском свого ціпка)

Не гідна ти дочкою лісу зватись!
бо в тебе дух не вільний лісовий,
а хатній рабський!

Мавка
О, коли б ти знав,
коли б ти знав, як страшно то було…
Я спала сном камінним у печері
глибокій, чорній, вогкій та холодній,
коли спотворений пробився голос
крізь неприступні скелі, і виття
протягле, дике сумно розіслалось
по темних, мертвих водах і збудило
між скелями луну давно померлу…
І я прокинулась. Вогнем підземним
мій жаль палкий зірвав печерний склеп,
і вирвалась я знов на світ. І слово
уста мої німії оживило,
і я вчинила диво… Я збагнула,
що забуття не суджено мені.

Лісовик
Де ж він тепер? Чому він не з тобою?
Чи то й його невдячність невмируща
так, як твоє кохання?

Мавка
Ох, дідусю!
якби ти бачив!.. Він в подобі людській
упав мені до ніг, мов ясень втятий…
І з долу вгору він до мене звів
такий болючий погляд, повний туги
і каяття палкого, без надії…
Людина тільки може так дивитись!..
Я ще до мови не прийшла, як він

схопивсь на рівні ноги, і від мене
тремтячими руками заслонився,
і кинувся, не мовлячи ні слова,
в байрак терновий, там і зник з очей.

Лісовик
І що ж тепер ти думаєш робити?

Мавка
Не знаю… Я тепер, як тінь, блукаю
край сеї хати. Я не маю сили
покинути її… Я серцем чую –
він вернеться сюди…

Лісовик мовчки журливо хитає головою. Мавка знов прихиляється до стіни.

Лісовик
Дитино бідна,
чого ти йшла від нас у край понурий?
Невже нема спочинку в ріднім гаю?
Дивись, он жде тебе твоя верба,
вона давно вже ложе постелила
і журиться, що ти десь забарилась.
Іди, спочинь.

Мавка
(*тихо*)

Не можу я, дідусю.

Лісовик, шумно зітхнувши, помалу подався в ліс. З лісу чується навісний тупіт, наче хтось без ваги женеться конем, потім спиняється.

Куць
(вискакує з-за хати, потираючи руки, і спиняється, побачивши Мавку)

Ти, Мавко, тут?

Мавка
А ти чого никаєш?

Куць
Я їм коня притяг за гичку в стайню.
Гаразд мене поповозив востаннє,
вже не возитиме нікого більше!

Мавка
Ненавидний! Ти оганьбив наш ліс!
Се так держиш умову з дядьком Левом?

Куць
Умова наша вмерла вкупі з ним.

Мавка
Як? Дядько Лев умер?

Куць
Он і могила.
Під дубом поховали, а прийшлося
коло пенька старому спочивати.

Мавка
Обоє полягли… Він пречував,
що вже йому сей рік не зимувати…

(Надходить до могили.)

Ой, як же плаче серце по тобі,
єдиний друже мій! Якби я мала
живущі сльози, я б зросила землю,
барвінок би зростила невмирущий
на сій могилі. А тепер я вбога,
мій жаль спадає, наче мертвий лист...

Куць

Жаль не пристав мені, а все ж я мушу
признатися – таки старого шкода,
бо він умів тримати з нами згоду.
Було і цапа чорного держить
при конях, щоб я мав на чому їздить.
Я блискавкою мчу було на цапі,
а коники стоять собі спокійно.
От сі баби зовсім не вміють жити
як слід із нами, – цапа продали,
зрубали дуба. Зрушили умову.
Ну, й я ж віддячив їм! Найкращі коні
на смерть заїздив; куплять – знов заїжджу.
Ще й відьму, що в чортиці бабувала,
гарненько попросив, щоб їм корови
геть-чисто попсувала. Хай же знають!
Ще ж Водяник стіжка їм підмочив,
а Потерчата збіжжя погноїли,
Пропасниця їх досі б'є за те,
що озеро коноплями згидили.
Не буде їм добра тепер у лісі!
Вже тут навколо хати й Злидні ходять.

Злидні
(малі, заморені істоти, в лахмітті, з вічним, гризьким голодом на обличчі, з'являються з-за кутка хатнього)

Ми тут! А хто нас кличе?

Мавка
(*кидається їм навперейми до дверей*)

Геть! Щезайте!
Ніхто не кликав вас!

Один Злидень
Злетіло слово, –
назад не вернеться.

Злидні
(*обсідають поріг*)

Коли б там швидше
нам двері відчинили, – ми голодні!

Мавка
Я не пущу туди!

Злидні
То дай нам їсти!

Мавка
(*з жахом*)

Нічого я не маю…

Злидні
Дай калину
оту, що носиш коло серця! Дай!

Мавка
Се кров моя!

Злидні
Дарма! Ми любим кров.

Один Злидень кидається їй на груди, смокче калину, інші сіпають його, щоб і собі покуштувати, гризуться межи собою і гарчать, як собаки.

Куць
Ей, Злидні, залишіть – то не людина!

Злидні спиняються, цокотять зубами і свищуть від голоду.

Злидні
(до Куця)

Так дай нам їсти, бо й тебе з'їмо!

(Кидаються до Куця, той відскакує.)

Куць
Ну-ну, помалу!
Злидні
Їсти! Ми голодні!!

Куць
Стривайте, зараз я збужу бабів,
вам буде їжа, а мені забава.

(Бере грудку землі, кидає в вікно і розбиває шибку.)

Голос матері Лукашевої
(в хаті)

Ой! Що таке? Вже знов нечиста сила!
Куць (до Злиднів пошепки)
А бачите – прокинулась. Ось хутко
покличе вас. Тепер посидьте тихо,
а то ще заклене стара вас так,
що й в землю ввійдете, – вона се вміє.

Злидні скулюються під порогом темною купою. З хати чутно крізь розбиту шибку рухи вставання матері, потім її голос, а згодом Килинин.

Голос материн

О, вже й розвиднилось, а та все спить.
Килино! Гей, Килино! Ну, та й спить же!
Бодай навік заснула… Встань! А встань,
бодай ти вже не встала!

Голос Килини
(заспано)

Та чого там?

Мати
(уїдливо)

Пора ж тобі коровицю здоїти,
оту молочну, турського заводу,
що ти ще за небіжчика придбала.

Килина
(вже прочумавшись)

Я тії подою, що тут застала,
та націджу три краплі молока –
хунт масла буде…

Мати
Отже й не змовчить!
Хто ж винен, що набілу в нас не стало?
З такою господинею… ой горе!
Ну вже й невісточка! І де взялася
на нашу голову?

Килина
А хто ж велів
до мене засилатися? Таж мали
отут якусь задрипанку, – було вам
прийняти та прибрати хорошенько,
от і була б невісточка до мислі!

Мати
А що ж – гадаєш, ні? Таки й була б!
Дурний Лукаш, що проміняв на тебе;
бо то було таке покірне, добре,
хоч прикладай до рани… Узиваєш
її задрипанкою, а сама
її зелену сукню перешила
та й досі соваєш – немає встиду!

Килина
Та вже ж, у вас находишся в новому!..
Он чоловіка десь повітря носить,
а ти бідуй з свекрушиськом проклятим, –
ні жінка, ні вдова – якась покидька!

Мати
Який би чоловік з тобою всидів?
Бідо напрасна! Що було – то з'їла
з дітиськами своїми, – он, сидять! –
бодай так вас самих посіли злидні!

Килина

Нехай того посядуть, хто їх кличе!

На сих словах одчиняє двері з хати. Куць утікає в болото. Злидні схоплюються і забігають у сіни.

Килина з відром у руках шпарко пробігає до лісового потока, з гуркотом набирає відром воду і вертається назад уже трохи тихшою ходою. Зауважає близько дверей Мавку, що стоїть при стіні знесилена, спустивши сивий серпанок на обличчя.

Килина
(спиняється і становить відро долі)

А се ж яка?.. Гей, слухай, чи ти п'яна,
чи, може, змерзла?

(Термосить Мавку за плече.)

Мавка
(насилу, мов борючись з тяжкою зморою)

Сон мене змагає…
Зимовий сон…

Килина
(відслоняє їй обличчя і пізнає)

Чого сюди прийшла?
Тобі не заплатили за роботу?

Мавка
(як і перше)

Мені ніхто не може заплатити.

Килина
До кого ти прийшла? Його нема.
Я знаю, ти до нього! Признавайся –
він твій коханок?

Мавка
(так само)

Колись був ранок
ясний, веселий, не той, що тепер…
він уже вмер…

Килина
Ти божевільна!

Мавка
(так само)

Вільна я, вільна…
Сунеться хмарка по небу повільна,
йде безпричальна, сумна, безпривітна…
Де ж блискавиця блакитна?

Килина
(сіпає її за руку)

Геть! не мороч мене! Чого стоїш?

Мавка
(притомніше, відступаючи од дверей)

Стою та дивлюся, які ви щасливі.

Килина
А щоб ти стояла у чуді та в диві!

Мавка зміняється раптом у вербу з сухим листом та плакучим гіллям.

Килина
(оговтавшись від здуміння, вороже)

Чи ба! Я в добрий час тобі сказала!
Ну-ну, тепер недовго настоїшся!..

Хлопчик
(вибігає з хати. До Килини)

Ой мамо, де ви-те? Ми їсти хочем,
а баба не дають!

Килина
Ей, одчепися!

(Нишком, нахилившись до нього.)

Я там під печею пиріг сховала, –
як баба вийде до комори, – з'їжте.

Хлопчик
Ви-те суху вербу встромили тута?
Та й нащо то?

Килина
Тобі до всього діло!

Хлопчик
Я з неї вріжу дудочку.

Килина
Про мене!

Хлопчик вирізує гілку з верби і вертається в хату. З лісу виходить Лукаш, худий, з довгим волоссям, без свити, без шапки.

Килина
(*скрикує радісно, вгледівши його, але зараз же досада тамує їй радість*)

Таки явився! Де тебе носило
так довго?

Лукаш
Не питай!

Килина
Ще й не питай!
Тягався, волочився, лихо знає
де, по яких світах, та й «не питай»!
Ой любчику, не тра мені й питати…
Вже десь ота корчма стоїть на світі,
що в ній балює досі свита й шапка.

Лукаш
Не був я в корчмі…

Килина
Хто, дурний, повірить!

(*Заводить.*)

Втопила ж я головоньку навіки
за сим п'яницею!

Лукаш
Мовчи! Не скигли!!

Килина спиняється, глянувши на нього з острахом.

Ось я тебе тепера попитаю!
Де дядьків дуб, що он пеньок стримить?

Килина
(спочатку збилась, але хутко стямилась)

А що ж ми мали тута – голод їсти?
Прийшли купці, купили та й уже.
Велике щастя – дуб!

Лукаш
Таж дядько Лев
заклявся не рубати.

Килина
Дядька Лева
нема на світі, – що з його закляття?
Хіба ж то ти заклявся або я?
Та я б і цілий ліс продати рада
або протеребити, – був би грунт,
як у людей, не ся чортівська пуща.
Таж тут, як вечір, – виткнутися страшно!
І що нам з того лісу за добро?
Стикаємось по нім, як вовкулаки,
ще й справді вовкулаками завиєм!

Лукаш
Цить! цить! не говори! Мовчи!

(В голосі його чутно божевільний жах.)

Ти кажеш
продати ліс… зрубати… а тоді вже

не буде так… як ти казала?

Килина
Як?
Що вовк…

Лукаш
(затуляє їй рота)

Ні, не кажи!

Килина
(визволившись від нього)

Та бійся бога!
Ти впився, чи вдурів, чи хто наврочив?
Ходи до хати.

Лукаш
Зараз… я піду…
от тільки… тільки… ще води нап'юся.

(Стає навколішки і п'є з відра. Потім устає і дивиться задумливо поперед себе, не рушаючи з місця.)

Килина
Ну? Що ж ти думаєш?

Лукаш
Я? Так… не знаю…

(Вагаючись.)

Чи тут ніхто не був без мене?

Килина
(*шорстко*)

Хто ж би
тут бути мав?

Лукаш
(*спустивши очі*)

Не знаю...

Килина
(*злісно посміхнувшись*)

Ти не знаєш,
то, може, я що знаю.

Лукаш
(*тривожно*)

Ти?

Килина
А що ж!
Я відаю, кого ти дожидаєш,
та тільки ба! – шкода твого ждання!
Якщо й було, то вже в стовпець пішло...

Лукаш
Що ти говориш?

Килина
Те, що чуєш.

Мати
(вибігає з хати і кидається з обіймами до Лукаша. Він холодно приймає те вітання)

Сину!..
Ой синоньку! О, що ж я набідилась
з отею відьмою!

Лукаш
(здригнувшись)

З якою?

Мати
(показує на Килину)

З тею ж!

Лукаш
(зневажливо всміхаючись)

І та вже відьма? – Ба, то вже судилось
відьомською свекрухою вам бути.
Та хто ж вам винен? Ви ж її хотіли.

Мати
Якби ж я знала, що вона така
нехлюя, некукібниця!..

Килина
(впадає в річ)

Ой горе!
Хто б говорив! Уже таких відьом,
таких нехлюй, як ти, світ не видав!

Ну вже ж і матінка, Лукашу, в тебе! –
залізо – й те перегризе!

Лукаш
А ти,
я бачу, десь міцніша від заліза.

Килина
Від тебе дочекаюсь оборони!
Такої матері такий і син!
Якого ж лиха брав мене? Щоб тута
помітувано мною?

Мати
(до Лукаша)

Та невже ж ти
не скажеш їй стулити губу! Що ж то,
чи я їй поштурховисько якесь?

Лукаш
Та дайте ви мені годину чисту!
Ви хочете, щоб я не тільки з хати,
а з світу геть зійшов? Бігме, зійду!

Килина
(до матері)

А що? діждалась?

Мати
Щоб ти так діждала
від свого сина!

(*Розлючена йде до хати, на порозі стрічається з Килининим сином, що вибігає з сопілкою в руках.*)

Оступися, злидню!

(*Штурхає хлопця і заходить в хату, тряснувши дверима.*)

Хлопчик
Ви-те прийшли вже, тату?

Лукаш
Вже, мій сину.

(*На слові «сину» кладе іронічний притиск.*)

Килина
(*вражена*)

Ну, то скажи йому, як має звати, –
уже ж не дядьком?

Лукаш
(*трохи присоромлений*)

Та хіба ж я що?
Ходи, ходи сюди, малий, не бійся.

(*Гладить хлопця по білій голівці.*)

Чи то ти сам зробив сопілку?

Хлопчик
Сам.
Та я не вмію грати. Коб ви-те!

(Простягає Лукашеві сопілку.)

Лукаш
Ей, хлопче, вже моє грання минулось!..

(Смутно задумується.)

Хлопчик
(пхикаючи)

І! то ви-те не хочете! Ну, мамо,
чом тато не хотять мені заграти?

Килина
Іще чого! Потрібне те грання!

Лукаш
А дай сюди сопілочку.

(Бере сопілку)

Хороша.
З верби зробив?

Хлопчик
А що ж, он з теї-о.

(Показує на вербу, що сталася з Мавки.)

Лукаш
Щось наче я її не бачив тута.

(До Килими.)

Ти посадила?

Килина
Хто б її садив?
Стирчав кілок вербовий та й розрісся.
Тут як з води росте – таже дощі!

Хлопчик
(*вередливо*)

Чому ви-те не граєте?

Лукаш
(*задумливо*)

Заграти?..

(Починає грати [мелодія № 14] сперш тихенько, далі голосніше, зводить згодом на ту веснянку [мелодія № 8], що колись грав Мавці. Голос сопілки [при повторенні гри на сопілці мелодії № 8] починає промовляти словами.)
«Як солодко грає,
як глибоко крає,
розтинає мені груди,
серденько виймає…»

Лукаш
(*випускає з рук сопілку*)

Ой! Що се за сопілка? Чари! Чари!

Хлопчик, злякавшись крику, втік до хати.

Кажи, чаклунко, що то за верба?

(*Хапає Килину за плече.*)

Килина
Та відчепися, відки маю знати?
Я з кодлом лісовим не накладаю
так, як твій рід! Зрубай її, як хочеш,
хіба я бороню? Ось на й сокиру.

(Витягає йому з сіней сокиру.)

Лукаш
(узявши сокиру, підійшов до верби, ударив раз по стовбуру, вона стенулась і зашелестіла сухим листом. Він замахнувся удруге – і спустив руки)

Ні, руки не здіймаються, не можу...
чогось за серце стисло...

Килина
Дай-но я!

(Вихоплює від Лукаша сокиру і широко замахується на вербу.)

В сю мить з неба вогненним змієм-метеором злітає Перелесник і обіймає вербу.

Перелесник
Я визволю тебе, моя кохана!

Верба раптом спалахує вогнем. Досягнувши верховіття, вогонь перекидається на хату, солом'яна стріха займається, пожежа швидко поймає хату. Мати Лукашева і Килинині діти вибігають з хати з криком: «Горить! Горить! Рятуйте! Ой, пожежа!..» Мати з Килиною метушаться, вихоплюючи з вогню, що тільки можна вихопити, і на клунках та мішках виносять скулених

Злиднів, що потім ховаються у ті мішки. Діти бігають з коновками до води, заливають вогонь, але він іще дужче розгоряється.

Мати
(до Лукаша)

Чого стоїш? Рятуй своє добро!

Лукаш
(втупивши очі в крокву, що вкрита кучерявим вогнем, як цвітом)

Добро? А може, там згорить і лихо?..

Кроква з тряскотом рушиться, іскри стовпом прискають геть угору, стеля провалюється, і вся хата обертається в кострище. Надходить важка біла хмара, і починає йти сніг. Хутко крізь білий застил сніговий не стає нікого видко, тільки багряна мінлива пляма показує, де пожежа. Згодом багряна пляма гасне, і коли сніг рідшає, то видко чорну пожарину, що димує і сичить од вогкості. Матері Лукашевої і дітей Килининих та клунків з добром уже не видко. Крізь сніг мріє недопалений оборіг, віз та дещо з хліборобського начиння.

Килина
(з останнім клунком у руках, сіпає Лукаша за рукав)

Лукашу!.. Ані руш! Чи остовпів?
Хоч би поміг мені носити клунки!

Лукаш
Та вже ж ви повиносили всі злидні.

Килина
Бийся по губі! Що се ти говориш?

Лукаш
(*сміється тихим, дивним сміхом*)

Я, жінко, бачу те, що ти не бачиш...
Тепер я мудрий став...

Килина
(*злякана*)

Ой чоловіче,
щось ти таке говориш... я боюся!

Лукаш
Чого боїшся? Дурня не боялась,
а мудрого боїшся?

Килина
Лукашуню,
ходімо на село!

Лукаш
Я не піду.
Я з лісу не піду. Я в лісі буду.

Килина
То що ж ти тут робитимеш?

Лукаш
А треба
все щось робити?

Килина
Як же маєм жити?

Лукаш
А треба жити?

Килина
Пробі, чоловіче,
чи ти вже в голову зайшов, чи що?
То так тобі з переляку зробилось.
Ходімо на село, закличу бабу, –
тра вилляти переполох!

(Тягне його за руку.)

Лукаш
(дивиться на неї з легковажною усмішкою)

А хто ж тут
недогарків отих глядіти буде?

(Показує на віз і начиння.)

Килина
(господарно)

Ой правда, правда, ще порозтягають!
Аби довідалися, що горіло,
то й набіжать з села людиська тії!
То вже хіба постій тут, Лукашуню.
Я побіжу, десь коней попрошу, –
бо наші ж геть у стайні попеклися! –
то зберемо на віз та й завеземо
десь до родини твеї, може, пустять...
Ой горе! Якось треба рятуватись...

Останні слова промовляє, вже біжучи до лісу. Лукаш проводжає її тихим сміхом. Незабаром її не стає видко.

Від лісу наближається якась висока жіноча постать у білій додільній сорочці і в білій, зав'язаній по-старосвітському, намітці. Вона йде, хитаючись, наче од вітру валиться, часом спиняється і низько нахиляється, немов шукаючи чогось. Коли надходить ближче і спиняється біля ожинових кущів, що ростуть недалеко від пожарища, то випростується, і тоді видно її змарніле обличчя, подібне до Лукашевого.

Лукаш
Хто ти? Що ти тут робиш?

Постать
Я – загублена Доля.
Завела мене в дебрі
нерозумна сваволя.
А тепер я блукаю
наче морок по гаю,
низько припадаю, стежечки шукаю
до минулого раю.
Ой уже ж тая стежка
білим снігом припала…
Ой уже ж я в сих дебрях
десь навіки пропала!..

Лукаш
Уломи ж, моя Доле,
хоч отую ожину,
щоб собі промести, по снігу провести
хоч маленьку стежину!

Доля
Ой колись я навесні
тут по гаю ходила,
по стежках на признаку
дивоцвіти садила.
Ти стоптав дивоцвіти
без ваги попід ноги…
Скрізь терни-байраки, та й нема признаки,
де шукати дороги.

Лукаш
Прогорни, моя Доле,
хоч руками долинку,
чи не знайдеш під снігом
з дивоцвіту стеблинку.

Доля
Похололи вже руки,
що й пучками не рушу…
Ой тепер я плачу, бо вже чую й бачу,
що загинути мушу.

(Застогнавши, рушає.)

Лукаш
(простягаючи руки до неї)

Ой скажи, дай пораду,
як прожити без долі!

Доля
(показує на землю в нього під ногами)

Як одрізана гілка,
що валяється долі!

(Іде, хиляючись, і зникає в снігах.)

Лукаш нахиляється до того місця, що показала Доля, знаходить вербову сопілку, що був кинув, бере її до рук і йде по білій галяві до берези. Сідає під посивілим від снігу довгим віттям і крутить в руках сопілочку, часом усміхаючись, як дитина. Легка, біла, прозора постать, що з обличчя нагадує Мавку, з'являється з-за берези і схиляється над Лукашем.

Постать Мавки
Заграй, заграй, дай голос мому серцю!
Воно ж одно лишилося від мене.

Лукаш
Се ти?.. Ти упирицею прийшла,
щоб з мене пити кров? Спивай! Спивай!

(Розкриває груди.)

Живи моєю кров'ю! Так і треба,
бо я тебе занапастив…

Мавка
Ні, милий,
ти душу дав мені, як гострий ніж
дає вербовій тихій гілці голос.

Лукаш
Я душу дав тобі? А тіло збавив!
Бо що ж тепера з тебе? Тінь! Мара!

(З невимовною тугою дивиться на неї.)

Мавка
О, не журися за тіло!
Ясним вогнем засвітилось воно,
чистим, палючим, як добре вино,
вільними іскрами вгору злетіло.
Легкий, пухкий попілець
ляже, вернувшися, в рідну землицю,
вкупі з водою там зростить вербицю, –
стане початком тоді мій кінець.
Будуть приходити люди,
вбогі й багаті, веселі й сумні,
радощі й тугу нестимуть мені,
їм промовляти душа моя буде.
Я обізвуся до них
шелестом тихим вербової гілки,
голосом ніжним тонкої сопілки,
смутними росами з віт моїх.
Я їм тоді проспіваю
все, що колись ти для мене співав,
ще як напровесні тут вигравав,
мрії збираючи в гаю…
Грай же, коханий, благаю!

Лукаш починає грати. Спочатку [мелодії № 15 і 16] гра його сумна, як зимовий вітер, як жаль про щось загублене і незабутнє, але хутко переможний спів кохання [мелодія № 10, тільки звучить голосніше, жагливіше, ніж у першій дії] покриває тугу. Як міниться музика, так міниться зима навколо: береза шелестить кучерявим листом, весняні гуки озиваються в заквітлім гаю, тьмяний зимовий день зміняється в ясну, місячну весняну ніч. Мавка спалахує раптом давньою красою у зорянім вінці. Лукаш кидається до неї з покликом щастя.

Вітер збиває білий цвіт з дерев. Цвіт лине, лине і закриває закохану пару, далі переходить у густу сніговицю. Коли вона трохи ущухла, видко знов зимовий краєвид, з важким навісом снігу на вітах дерев. Лукаш сидить сам, прихилившись до берези, з сопілкою в руках, очі йому заплющені, на устах застиг щасливий усміх. Він сидить без руху. Сніг шапкою наліг йому на голову, запорошив усю постать і падає, падає без кінця...

25.VII 1911 р.

www.ingramcontent.com/pod-product-compliance
Lightning Source LLC
LaVergne TN
LVHW041954060526
838200LV00002B/13